Egbert Scheunemann

Vom Anfang
und
vom Ende

Erzählungen,
Kurzgeschichten, Dialoge

Bibliografische Information der Deutschen Nationalbibliothek
Die Deutsche Nationalbibliothek verzeichnet diese Publikation in der
Deutschen Nationalbibliografie; detaillierte bibliografische Daten sind
im Internet über http://dnb.d-nb.de abrufbar.

2., leicht korrigierte Auflage 2019

IMPRESSUM

© Egbert Scheunemann – www.egbert-scheunemann.de
Herstellung und Verlag:
BoD- Books on Demand, Norderstedt
ISBN 9783748157939

Inhalt

Prolog

Eigentlich könnte ich erhebliche Teile des Vorwortes zu meiner Sammlung von Erzählungen „Trilogie des Scheiterns" hier einfach hineinkopieren. Aber man muss ja was tun fürs Geld. Also: Auch in diesem kleinen Sammelband finden sich Erzählungen oder Dialoge, deren Themen, Charaktere und Szenerien in hohem Maße der Realität entnommen sind. Hier und da mehr oder weniger verfremdet, um reale Personen zu schützen – auch mich selbst. Nach wie vor schreibe ich gerne über Dinge, Phänomene und Vorkommnisse, von denen ich etwas Ahnung habe. Und am meisten Ahnung habe ich von mir selbst, meiner eigenen Lebensgeschichte, meinen engen Freundinnen und Freunden, meinem sozialen wie urbanen Umfeld – aber auch von den Professionen, mit denen ich mich, quasi hauptberuflich, seit Jahrzehnten beschäftige: Politik, Ökonomie, Philosophie und Naturwissenschaften.

Wovon ich keine oder wenig Ahnung habe, davon lasse ich lieber die Finger. Das wilde Konstruieren frei erfundener Storys, auch Romane oder Märchen für Erwachsene genannt, ist nicht so mein Ding. Noch weniger sind es narrative Konstrukte – Sex & Crime, gähn, an erster Stelle –, die nach dramaturgischen Schemata, ob cineastisch oder literarisch, verfasst sind, deren x-te Zurkenntnisnahme mich seit langen Jahren nur noch langweilt. Und deswegen mehr und mehr unterblieb und unterbleibt.

Etwas ganz anderes sind, um nur zwei Beispiele zu nennen, gut recherchierte und intelligent konstruierte Science-Fiction-Romane – gut recherchiert und intelligent konstruiert in dem Maße, wie sie harte Physik lediglich in räumlich oder zeitlich entferntere Sphären prolongieren, ohne den Geltungsbereich der Naturgesetze zu verlassen und den Raum des Lächerlichen zu betreten, und die damit reale Entwicklungen der Wissenschaften und der Technik oftmals Jahrzehnte davor voraussagten.

Und etwas ganz anderes sind auch Fantasy-Storys, also als solche offen deklarierte wirkliche Märchen, in denen die Fantasie nur so tobt, die uns staunen lassen mit offenen Mündern und großen Augen. Die uns Welten konstruieren und – wiederum: ob cineastisch oder literarisch – zeigen oder beschreiben, die einfach nur fantastisch und schön oder düster-schön oder auch nur düster sind, die uns inspirieren, unsere Fantasie entfachen, das Kind mit großen Kulleraugen in uns wecken oder wiedererwecken. Und wenn's dabei auch noch was zu lachen gibt, ist das eigentlich nicht mehr zu toppen.

Naturwissenschaftlich aufgeklärte konstruktive Souveränität, Intelligenz, Fantasie, Geist, Esprit, Witz, Humor. Das genaue Gegenteil also vom deutschen Schicksalsroman oder Problemfilm. Oder den existenzialistischen linksrheinischen Pendants, Anleitungen zu einem versauten Leben und nicht selten zum Selbstmord.

Nun bin ich etwas vom Thema abgekommen. Aber was war noch das Thema? Ach, lesen Sie doch einfach, was folgt.

Hamburg, im Februar 2019   Egbert Scheunemann

Vom Anfang – die Schöpfung

Der kleine Junge quetschte inbrünstig den Schlamm durch seine Hände. Inzwischen hatte er die genau richtige Konsistenz, nicht so fest wie der Ton direkt aus der Baugrube, aber auch nicht zu dünn, zu flüssig. Genau richtig, um alles zu formen, worauf der kleine Junge Lust hatte. Es war für ihn die helle Freude, eine Portion der kühlen Matsche in die Hände zu nehmen und durch die Fingerritzen zu pressen. Dabei bildeten sich flache Bändchen wie die blonden Locken von Hannah, dem kleinen Mädchen von nebenan, das er inzwischen nicht immer nur doof fand. Er war aber viel zu schüchtern, es Hannah zu sagen. Und er konnte nicht wissen, dass auch Hannah ihn inzwischen nicht immer nur doof fand, aber noch viel schüchterner war als er.

Kaum hatte es aufgehört zu regnen, ließ seine ziemlich rund und kräftig ins Leben gebaute Mutter den kleinen Jungen raus. Er war der Kleinste unter seinen vielen Geschwistern und den Nachbarskindern. Die waren alle schon in der Schule, frisch eingeschult oder sogar schon in der zweiten oder einer noch höheren Klasse. Er war noch zu klein für die Schule. So hockte er alleine an der großen Pfütze neben der für ihn riesigen Baugrube, die sie vor dem Wohnblock, in dem seine Familie seit einiger Zeit lebte, ausgehoben hatten. Etwas hinter der Baugrube standen ein paar Kühe auf der Weide, guckten artgerecht, also ziemlich dämlich über den Zaun und warteten auf Küchenabfälle, meist Kartoffelschalen, die die Mutter des kleinen Jungen und auch einige Mütter der Nachbarskinder gegen Mittag oft über den Zaun schütteten. Eine Kuh hieß Herta. Sie war besonders zutraulich, ja gelegentlich sogar etwas zudringlich. Gerne ließ sie sich vom kleinen Jungen und anderen Kindern streicheln. Dumme, fiese Kinder schmissen auch Lehmklumpen oder sonst was auf die Kühe. Der kleine Junge machte so etwas nicht. Das fand er doof. Und gemein.

Aber Herta und die anderen Kühe interessierten den kleinen Jungen gerade nicht. Viel wichtiger und interessanter war die Lehmpampe, die er sich in beachtlicher Menge zurechtgeknetet und -gewalkt hatte. Der Regen setzte wieder ein, aber nur leicht. Der kleine Junge bemerkte ihn gar nicht und begann, einen kleinen Damm wie ein Halbrund in die Pfütze zu formen, vom Ufer links hinein in die Pfütze und wieder zurück zum Uferabschnitt ein Stück weiter rechts von ihm. Das war jetzt sein Hafen, in Schrittbreite der Küstenlinie der Pfütze abgerungen. Vom Rand der Pfütze her, der Festlandseite seines Hafens, formte der kleine Junge ein Gebäude nach dem anderen, Türme, Plätze, Stege und Brücken. Ein richtiges Kanalsystem, auf dessen Wasser er später kleine Schiffe fahren lassen wollte, von Wind und Zufall getrieben oder aus dicken Backen in die gewünschte Richtung gepustet. Vielleicht gebastelt aus halben Walnussschalen, vielleicht aus Rindenstücken der alten Kiefern, die gleich hinter der Kuhweide am Waldesrand standen. In den Wald durfte der kleine Junge aber nur, wenn mindestens eines seiner älteren Geschwister mitkam und auf ihn aufpasste. Aber die Schiffe kamen später, eins nach dem anderen, jetzt arbeitete der kleine Junge tief versunken und hoch konzentriert an seiner kleinen Hafenstadt.

In einer Christmette an Heilig Abend hatte der kleine Junge den Pfarrer sagen hören, dass der Mensch aus Staub geschaffen sei und zu Staub wieder werde. Er hatte das nicht verstanden. Er zog seinem Papa an der Hand, der guckte gütig runter. Der kleine Junge fragte leise, ob er denn wirklich aus Staub gemacht sei. Sein Papa flüsterte nur ein „später" hinunter. Der kleine Junge war gespannt auf die Antwort. Für den Moment dachte er sich, dass die Menschen und die ganze Welt nicht aus Staub, sondern vielmehr aus Matsch geformt worden sind. Mit Staub konnte er doch gar nichts formen! Der klebte doch gar nicht! Der wurde doch gleich wieder vom Winde verweht!

Nach der Christmette, die noch eine Weile dauerte, hatte der kleine Junge seine Frage vergessen, und sein Vater auch. Jetzt an der Pfütze fiel dem kleinen Jungen diese Frage wieder ein. Gleich wenn sein Papa von der Arbeit zurückkommen würde, wollte er ihm diese Frage erneut stellen. Und er wollte seinem Papa stolz seine Schöpfung, die kleine Hafenstadt zeigen.

Was ein Bauarbeiter war, ein Baggerführer, das wusste der kleine Junge schon. Wenn sie kamen und die Straße, die an der entstehenden Siedlung entlangführte, verlängerten oder eine neue Baugrube aushoben, um einen neuen Wohnblock für Flüchtlinge zu bauen, von denen der kleine Junge und seine Familie selbst welche waren, konnte es der kleine Junge zu Hause nicht aushalten. Seine Mutter, ziemlich arbeitsüberlastet durch das Aufziehen von sieben Kindern, ließ ihn gerne raus, aber nur, wenn er in ihrem Blickfeld blieb, das sich bot, wenn sie zum Küchenfenster hinaussah. Das Fenster – eigentlich wurde in der Küche nahezu durchgehend gekocht, gebacken, gebraten – stand fast immer offen, nur im Winter bei heftiger Kälte nicht. Jetzt war Frühling. Wenn sich der kleine Junge zu sehr den Baggern und Lastern näherte, zitierte seine Mutter ihn durch ihr kräftiges Organ wieder ein Stück zurück. Auch viele Nachbarsmütter hatten immer wieder einen Blick auf die Kinder, die vor oder hinter dem Haus spielten. Alle passten irgendwie auf alle auf. Besonders Frau Reim. Sie sagte dem kleinen Jungen viele Jahre später, dass es für sie ein bleibender Eindruck gewesen sei, wie er unermüdlich an Pfützen, in halb fertigen Baugruben, auf kleinen Bergen aufgeschütteten Erdreichs saß und knetete, bastelte, formte, Areale absteckte mit Ruten nahen Gebüschs, kleine Kanäle aushob, Brücken darüber baute aus Bauholzresten, die später von den Arbeitern als Brennholz genutzt wurden. Oft hatten die Bauarbeiter Hemmungen, die Schöpfungen des kleinen Jungen, wenn nötig, zu zerstören. Sie waren ja selbst mal Kinder gewesen, und einige hatten auch Kinder. Aber sie mussten irgendwann fertig werden mit ihrer Arbeit, mit dem neuen Bau. Und das ausgehobene Erdreich musste wieder weg irgendwann. Der kleine Junge war natürlich traurig, wenn eine seiner Schöpfungen am nächsten Tag plötzlich verschwunden war. Aber nur kurz. Gleich schuf er etwas Neues. Wie jetzt.

Ja, so einer wollte er werden wie die Bauarbeiter und Baggerführer. Er wollte Häuser bauen und ganze Städte, damit immer mehr Menschen, immer mehr Kinder am abgelegenen Rand des kleinen Städtchens leben könnten, in das es den kleinen Jungen und seine Familie nach langer Flucht verschlagen hatte. Kinder, mit denen er spielen konnte.

Mit den einheimischen Kindern im Städtchen hatte er kaum Kontakt. Nur am Wochenende sah er welche, wenn sein Papa und einige seiner älteren Geschwister zum Großeinkauf in die kleine Stadt zogen. Oft wurden sie gepiesackt oder schief angesehen. Nur mit den Nachbarskindern in seiner werdenden Siedlung verstand sich der Junge gut. Nicht mit allen, aber mit vielen. Die Kinder in der kleinen Stadt sprachen auch ganz merkwürdig. Der kleine Junge verstand sie kaum. Er konnte noch nicht wissen, dass er und seine Familie aus einer fernen Großstadt im Osten in ein kleines Städtchen auf dem Lande im tiefen Süden gekommen waren, nach Zwischenstationen in vielen Flüchtlingslagern, verstreut über das ganze Land. Aus mondäner Modernität in konservative, autoritäre, stark religiös und vor allem katholisch geprägte kleinstädtische Verhältnisse. Davon wusste der kleine Junge noch nichts. Nur dass er und seine Familie in dem Städtchen abgelehnt wurden, nicht gewollt waren, davon wusste er, das spürte er. Nicht von allen wurden sie gemieden, aber von vielen.

Der kleine Junge wusste auch noch nichts davon, dass die Flucht seiner Familie, die Ursachen der Flucht – ein furchtbarer Krieg und die schlimmen Folgen für seine Familie und besonders für seinen Papa, dem das politische Nachkriegsregime Schritt um Schritt die Lebensgrundlagen entzog – und die nahezu dörflichen, provinziellen, bleiernen Lebensverhältnisse, in die sie geraten waren, seine Familie mehr und mehr zerstören würden. Er konnte nicht ahnen, dass sein Papa bald sterben und seine Mutter nur wenige Jahre später schwer erkranken würde. Dass seine Kindheit damit schroff zu Ende sein würde und er, gerade zehn Jahre alt, seine Mutter mehr pflegen musste, als sie ihn pflegen und behüten konnte. Dass viele seiner älteren Geschwister zerbrechen würden ohne elterlichen Beistand in einer ablehnenden, diskriminierenden, feindlichen Umgebung, in finanziellen, materiellen Verhältnissen nahe dem Existenzminimum. Und nicht selten darunter.

Sein Papa, ein sehr gebildeter Mann, hatte immer großen Wert auf die Bildung und Ausbildung seiner Kinder gelegt. Als er starb, mussten die beiden älteren Brüder des damals gerade acht Jahre alten kleinen Jungen, die als erste ein Gymnasium besuchen konnten, dieses sofort verlassen. Sie mussten Geld verdienen, seine Mutter, die ganze Familie unterstützen. Was für eine Schmach, was für eine Demütigung. Später, als der kleine Junge langsam begriff, was mit ihm und seiner Familie geschehen war, wunderte er sich nicht mehr, dass genau diese beiden Brüder sich am heftigsten dem Suff und anderen Drogen hingaben und ihre Gesundheit und ihr soziales Leben zerstörten. Und nicht nur ihres.

Von all dem ahnte der kleine Junge nichts, als er an seiner Pfütze saß. Er bemerkte nur einen plötzlich auftau-

chenden und rasch größer werdenden Schatten hinter sich.
Noch bevor er sich umdrehen konnte, spürte er einen heftigen Tritt in den Rücken. Der kleine Jung fiel vorne über
in die Pfütze und begrub seine Schöpfung unter sich. Der
Schatten entfernte sich so schnell, wie er gekommen war
– mit feixendem Gelächter. Der kleine Junge kannte dieses
Feixen, er wusste, von wem es kam – einem Flüchtlingskind aus dem ersten Wohnblock der neuen Siedlung, das
noch merkwürdiger, noch fremder sprach als die Kinder in
der kleinen Stadt. Nicht nur unter den einheimischen Kindern gab es doofe, dumme, fiese. Der kleine Junge richtete
sich mühsam wieder auf und schrie dem Schatten hinterher. Keine Worte, einfach nur Schreie, Wutlaute, Offenbarungen seines Zorns. Er stampfte auf den Boden, immer
wieder, und schrie. Dann verstummte er und fing leise an
zu weinen. Schlamm und Wasser der Pfütze tropften von
seinem Gesicht, seiner Jacke, seiner Hose.

*

Als der kleine Junge fast ein junger Mann war, verließ er
das kleine Städtchen. Es kam ihm vor wie eine erneute,
eine zweite Flucht, eine Flucht aus furchtbaren, gewaltsamen Verhältnissen. Seine Mutter litt immer schwerer an
ihrer Krankheit, oft musste sie in einer Klinik stationär behandelt werden, um, zumindest vorübergehend, zu gesunden. Oft für lange Zeit lag sie dort. Alle seine Geschwister
waren inzwischen aus dem Haus. Lange Jahre musste der
kleine Junge mit den älteren Geschwistern, die anfänglich
noch im Hause lebten, kämpfen, sich vor seine Mutter stellen, wenn der Suff, die Drogen, der Kummer, der Frust,
die feindliche Umwelt seine älteren, pubertierenden, halbstarken und irgendwann erstarkten, erwachsenen Brüder
aggressiv werden ließ.

Der kleine Junge hatte sich durch alle Schulen gekämpft.
In den ersten Jahren traf er fast nur auf zutiefst autoritäre,

oft gewaltsame, prügelnde Lehrer. Er ließ sich nicht unterkriegen. Desto größer der kleine Junge wurde, desto stärker wurde er. Und sein großes Glück war, dass er in jeder Schule immer mindestens einen Lehrer hatte, der auf seiner Seite stand. Lehrer, die halbwegs wussten, was in der Familie des kleinen Jungen vor sich ging. Die ihn stützten, ihm halfen, sich vor ihn stellten, wenn es, wie so oft, Ärger gab mit einem der autoritären Zwangsneurotiker im Kollegium.

Nach dem letzten Schulabschluss wollte der kleine Junge, der inzwischen fast ein junger Mann war, nur noch weg. Weit weg von diesen Verhältnissen. Er wollte studieren, und das war nur irgendwo in der Ferne möglich. Das war seine Gelegenheit, zu entkommen – und auch, das spürte er, seine Ausrede, seine Rechtfertigung. Seiner Mutter gegenüber. Er organisierte alles so, dass seine Mutter, die fast nur noch im Krankenhaus lebte, versorgt war. Eines Tages musste er seiner Mutter sagen – er konnte vor Kummer kaum sprechen –, dass er wegmüsse. In der kleinen Stadt könne er nicht studieren. Er habe für alles gesorgt, alles organisiert. Seine einzige Schwester, seine große, war mit ihrer Familie zurück in das kleine Städtchen gezogen. Gleich um die Ecke wohnte sie nun, nicht weit von dem Haus entfernt, in dem sie selbst aufgewachsen war – wie ihr kleinster Bruder. Sie würde sich um die Mutter kümmern. Sie besuchen, täglich. Und er würde seine Mutter auch so oft besuchen, wie er nur könne. Es sei um sie gesorgt, sie müsse nicht traurig sein.

Aber sie war sehr traurig, als ihr Kleinster sie verließ in Richtung einer großen Stadt, weit weg im Norden. Bald brach ihre Krankheit wieder aus, so schlimm wie nie. Und ein Jahr später starb sie.

Der kleine Junge, der inzwischen ein junger Mann war, hatte seine Mutter in diesem Jahr, wie er ihr versprochen hatte, immer wieder besucht, die lange Reise in den Süden und zurück immer wieder auf sich genommen, per Auto-stopp, weil er sich als Student nichts anderes leisten konnte. Die Nachricht vom Tod seiner Mutter traf ihn schwer. Aber es war auch eine Erlösung – für seine Mutter nach langer Krankheit, nach einem Leben im Krieg, auf der Flucht, in Flüchtlingslagern, in einer oft feindlichen Umwelt. Einem Leben, das fast nur aus Arbeit bestanden hatte. Sieben Kinder musste sie großziehen und immer noch fünf, als ihr Mann, der Vater des kleinen Jungen, starb. Ohne Geld, ohne Einkommen zunächst. Auf ihre alten Tage noch musste sie arbeiten gehen, Geld verdienen, bis sie eine kümmerliche Rente bekam. Nein, sie hatte kein schönes Leben. Ein Leben vielmehr, dessen Ende als Erlösung erschien. Grausamerweise.

Der Tod seiner Mutter verursachte dem jungen Mann tiefsten Schmerz. Aber auch er war nun erlöst. Dieser Kampf war zu Ende. Er war frei. Er konnte nun alles hinter sich lassen. Für alle Zeiten. Er wollte alles anders, alles besser machen in seinem Leben. Er wollte Freundschaften, eine Familie haben, in der es keine Gewalt gab, keine bösen Worte. Er wollte die Ursachen untersuchen, die seine Familie zerstört hatten, die historischen, politischen, ökonomischen und sozialen Prozesse studieren und verstehen, die zu so viel Gewalt und Leid geführt hatten und noch immer führten – denn er war ja nicht allein. Millionen Menschen erfuhren weltweit Gewalt und Leid, wurden ausgebeutet, geknechtet, misshandelt. Was waren die Gründe dafür? Die Ursachen? Wie konnte man sie überwinden? Auf welchen Wegen? Mit welchen Modellen eines anderen, friedvollen, humanen, aufgeklärten Lebens? Daran wollte der junge Mann arbeiten. Das sollte sein Werk werden. Seine neue Schöpfung.

———————

A und B
– vom Universum und dem ganzen Rest

A: Grüß Gott!

B: Was?

A: Ich sagte Grüß Gott!

B: Wer ist das?

A: Wer?

B: Na, wer ist dieser Gott – und warum soll ich den grüßen?

A: Du bist heute etwas albern.

B: Ich bin albern, wenn Du von mir verlangst, diesen Gott zu grüßen, obwohl Du mir entweder nicht sagen willst oder sagen kannst, wer er ist und warum ich ihn grüßen soll?

A: Na, ich glaube, dass Du während Deiner bisherigen Karriere auf diesem Erdball bestimmt schon mal gehört hast, dass es Leute gibt, und nicht allzu wenige, die an Gott als den Schöpfer der Welt glauben.

B: Grüß Urknall!

A: Was? Hast Du einen Knall?

B: Nö. Maximal einen Urknall. Ich glaube, und mit mir nicht allzu wenige, eher an die Urknalltheorie als an diesen Gott.

A: Okay, ich sage jetzt nicht: Mache ich, ich werde Deinen Urknall grüßen, sobald ich ihn treffe.

B: Sondern?

A: Du glaubst also eher daran, dass die Welt, dass das gesamte Universum aus einem unendlich kleinen Punkt explosionsartig entstanden ist, und zwar in den ersten winzigen Sekundenbruchteilen nach dem Urknall mit mehrfacher Lichtgeschwindigkeit? Und dass es sich seitdem ausdehnt und immer weiter und immer schneller ausdehnt?

Das zu glauben fällt Dir einfacher, als ein allmächtiges Wesen zu setzen, das hinter und über allem – auch den Naturgesetzen – steht?

B: Ich sagte ja: Ich glaube eher an die Urknalltheorie. Ich war ja nicht dabei – damals.

A: Niemand war dabei, weil es niemanden gab – womöglich noch nicht mal den Urknall. Das sind alles nur Extrapolationen, Hochrechnungen, Gedankenkonstrukte. Niemand wird diese Theorie jemals beweisen können in einem naturwissenschaftlichen Sinne.

B: Aber gewisse starke materielle Indizien deuten auf einen Urknall. Etwa die Kosmische Hintergrundstrahlung als sein bis heute – mit entsprechendem Gerät – zu sehendes Nachschimmern, und auch die Rotverschiebung des Lichtes ferner Galaxien, weil diese sich eben vom Betrachter aus immer schneller wegbewegen, desto weiter weg sie schon sind. Rechnet man das zeitlich zurück, landet man eben beim Urknall.

A: Nee. Eben nicht. Die genaue Vermessung der Kosmischen Hintergrundstrahlung hat ergeben, dass das Universum brettflach ist, nicht gekrümmt, nicht kugelförmig quasi. Die ganze Urknalltheorie funktioniert nur, wenn man die sogenannte Kosmische Inflationstheorie aus dem Hut zaubert: Nach ihr hat sich das Universum den billionsten Teil einer billionstel Sekunde nach dem Urknall mit zigfacher Lichtgeschwindigkeit quasi schlagartig aufgebläht – zur flachen, nicht runden, nicht gekrümmten Grundstruktur.

B: Das stimmt schon. Die Konstanz der Lichtgeschwindigkeit ist sonst der Heilige Gral der Physik. Ohne sie wäre die Spezielle und Allgemeine Relativitätstheorie auf der Stelle obsolet. Aber danach, nach der schlagartigen inflationären Aufblähung, ging alles nach Recht und Gesetz zu, könnte man sagen. Die Urknalltheoretiker sagen selbst, dass Richtung zeitlichem und räumlichem Urknall die uns bekannten Naturgesetze ihre Gültigkeit verlieren.

A: Aber wenn das, was zu einer naturwissenschaftlichen Definition einer Sekunde oder eines Meters notwendig ist, beim Urknall und kurz danach noch gar nicht existierte – wie kann man dann sagen, dass bestimmte Phasen zeitlich so und so lange und in einem so und so großen Raumareal erfolgten? Die berühmte Beschreibung der Urknalltheorie von Steven Weinberg heißt „Die ersten drei Minuten" – welche Minuten denn, zusammengesetzt aus welchen Sekunden? Gemessen mit welchen Uhren? Und mit welchen Linealen, welchen Maßstäben wurde denn die damalige Raumausdehnung gemessen? Und warum hat sich alles ausgedehnt – nur nicht die Maßstäbe? Und in was hinein hat es sich ausgedehnt?

B: Okay, okay, okay. Nehmen wir mal an, die ganze Urknalltheorie sei kompletter Schwachsinn, das Ergebnis absurder Extrapolationen weniger Indizien in, nein, nicht unendliche Vorzeiten hinein, aber immerhin über 13 Milliarden Jahre hinweg – so lange soll der Urknall ja schon her sein.

A: Welche Jahre? Gemessen mit was? Erdenjahre? Es gab damals noch keine Erde. Die Schwingungsdauer eines Cäsiumatoms als Grundeinheit der Definition aller anderen Zeiteinheiten, die davon nur Vielfache sind? Es gab damals noch kein Cäsium. Die Urknalltheorie besagt, dass die gesamte Masse beziehungsweise Materie des Universums am Anfang in einem unendlich kleinen Punkt zusammengepresst war – und Raum und Zeit zudem. Dann kamen der Urknall und die Inflationsphase und alles hat sich zeitlich sehr schnell und räumlich mächtigst aufgebläht. Dieser Blähprozess …

B: Wer da nicht auf Gedanken kommt!

A: … Du bist heute wieder äußerst witzig! Dieser Bläh-prozess also, okay, diese progressive kosmische Expansion …

B: … schon besser …

A: … ging aber bei der Masse beziehungsweise Materie nur bis auf die heutige Größe der Masseträger, also Protonen, Neutronen, Elektronen und so weiter. Warum hat das Aufblähen …

B: … Expandieren …

A: … von Masse und Materie irgendwann aufgehört? Warum bläht sich …

B: … ich geb's auf …

A: … seitdem nur noch die Raumzeit auf? Diese Urknalltheorie ist doch ziemlich durchgeknallt.

B: Ist ja gut, was ich nur sagen wollte: Durch den Nachweis, dass eine Theorie Schwachsinn ist, wird eine andere schwachsinnige Theorie über den gleichen Sachverhalt nicht weniger schwachsinnig.

A: Welche denn?

B: Na, die Theorie, der Glaube, die ganze Chose, das Universum und den ganzen Rest, habe Gott aus dem Hut gezaubert.

A: Das stimmt. Die Widerlegung von X ist kein Beweis für die Existenz von Y. Aber die Behauptung „Urknall" ist für mich genauso metaphysisch wie die Behauptung „Gott". Wenn die Urknalltheoretiker selbst sagen, dass die Naturgesetze am Anfang, also direkt beim Urknall nicht galten, sondern erst so ein bisschen danach, dann ist alles möglich, dann kann man auch Gott als den Schöpfer und ersten Beweger setzen. Er schuf alles, auch die Naturgesetze, und überließ dann alles seinem Lauf.

B: Anscheinend glaubst Du, was mir völlig neu wäre, an Gott – oder nur scheinbar?

A: Was? Warum dieser lange Gedankenstrich in Deiner Frage?

B: Der Unterschied zwischen anscheinend und scheinbar ist nicht nur scheinbar. Und ein Philosoph …

A: Seit wann bist Du Philosoph?

B: Wer philosophiert, ist Philosoph …

A: Stimmt.

B: … und ein Philosoph also geht halt nicht selten auf den Gedankenstrich, besonders den langen.

A: Das hast Du aber schön formuliert.

B: Und kennst Du übrigens den: Woran denkt ein Philosophiestudent, wenn ihm in der Uni-Mensa eine Kelle Suppe in den Teller geknallt wird?

A: Nee, den kenne ich noch nicht.

B: An die Schöpfung!

A: Du bist heute mal wieder in Bestform – wenn ich das mal ironisch und diplomatisch formulieren darf. Auf jeden Fall: Ich glaube überhaupt nicht an Gott! Weder anscheinend noch scheinbar.

B: Und warum sollte ich den dann anscheinend grüßen?

A: Scheinbar! War doch nur ein kleiner Gag. Wollte Dich nur etwas necken. Mein Kleiner veräppelt mich im Moment andauernd mit irgendwelchen Wortspielchen und Fangfragen. Er ist gerade in der Phase, in der Kinder alles wörtlich nehmen und das Metaphorische erst noch lernen müssen – dann aber umso unerbittlicher anwenden. Neulich fragte er mit leichtem Spott in den Augen und Grinsen auf den Lippen, ob es denn auch einen Dünntator gäbe, wenn's denn einen Diktator gibt.

B: Sehr nett! Man könnte dabei fast an Kim Jong Un denken. Solche Wortspielchen kenne ich auch von meinem Sohnemann, als der noch kleiner war. Er hat mal in unserer Lieblingseisdiele eine Kugel Drücktroneneis bestellt – bis dahin immer nur Zitroneneis. Unser netter Eisverkäufer guckte erst ziemlich deppert, dachte sich dann aber wohl, Angriff sei die beste Attacke, und meinte: Nein, das

Drücktroneneis sei ausgegangen, er könne nur nicht sagen wohin und wann es zurückkäme. Und weißt Du …

A: … nee …

B: … weißt Du, was mein Kleiner, jetzt fällt es mir gerade wieder ein, mal gefragt hat, als er aus der Schule kam?

A: Nee, noch immer nicht.

B: Also, er fragte, was denn ein Gul sei …

A: … und? Was ist ein Gul?

B: Das hatte ich mich auch gefragt. Aber mein Sohnemann klärte mich auf: Wenn es den Arsch eines Guls gäbe, dann müsste es doch auch den dazugehörigen Gul geben!

A: Auch sehr schön! Aber wir sind jetzt doch etwas vom Thema abgekommen.

B: Welchem denn?

A: Na, Gott oder Urknall.

B: Und nicht zu vergessen die Schöpfung!

A: Ja, die ist doch gemeint mit dem Urknall oder dem Werk Gottes, seiner Schöpfung.

B: Ich meinte die in der Mensa. Etwa die von Gul-Arsch. Die, also die Schöpfung, nicht unbedingt von Gul-Arsch, ist für studentische Hungerleider immens wichtig! Bei denen ist am Ende des Geldes oft noch viel Monat übrig.

A: Jetzt lass' doch mal gut sein.

B: Ja, ja, ja. Ich meine nur: So weit ist das alles womöglich gar nicht entfernt voneinander – Gott, Urknall, Dünntator, Drücktroneneis oder Gul-Arsch. Passt doch alles wunderbar in die Kategorie Schwachsinn.

A: Okay, wo Du recht hast, hast Du recht.

———————

Der Radfahrer

Ich schlenderte nach einem netten Abend bei meinem Lieblingsgriechen, den Geschmack von Ouzo noch im Munde, durchs Viertel – mal wieder brechend voll, also das Viertel, nicht ich. Es war Samstag und ein schöner Sommerabend. Viel junges Volk. Entspannte, hier und da fröhliche, ausgelassene Stimmung. Weil die Gehwege und die Piazza so voller Menschen waren, liefen, flanierten, standen viele auch auf den Straßen. Nicht genau in der Mitte, aber doch auf dem mehr oder minder breiten Straßenrand, und immer wieder ging es auch quer hinüber zur anderen Seite. Und wieder zurück. Flanieren, wenn nicht Promenieren, mit der Bierflasche oder Höherprozentigem in der Hand. Die meisten zumindest, ich gerade nicht. Ich lief, schlenderte ganz langsam, guckte nach links, nach rechts, wo sich etwas zu gucken bot. Ich freute mich, in diesem pulsierenden Viertel zu leben. Zumindest – und auch zum Glück – in seinem etwas ruhigeren Randbereich. Tagsüber zu Hause am Schreibtisch, musste ich abends unbedingt noch mal raus. Und es war sehr praktisch, sehr angenehm, nur fünf Minuten laufen zu müssen, um im tosenden Leben zu landen.

Das tosende Leben konnte aber auch ablenken. Ich lief die Hauptstraße des Viertels entlang in Richtung meiner Straße. Ziemlich genau in der Mitte dieser Hauptstraße gehen zwei kleinere Straßen ab. Die weit ruhigere nach oben, die viel trubeligere, belebtere nach unten Richtung S- und U-Bahnhof. Obwohl im Viertel gerade am Wochenende immer wieder fahrzeug- und intelligenztechnisch tiefergelegte Vertreter der Gattung Homo – nicht unbedingt Homo sapiens – auftauchen und in ihren aufgemotzten vierrädrigen Kraftmaschinen mit laut krachenden Auspuffen und quietschenden Reifen low-budget-filmreif inszenierte Beschleunigungs- und Bremsmanöver und andere Initiationsriten, Brunft- und Imponierbräuche vorm weiblichen Publikum und männlichen Potenzial an Revierrivalen absolvieren, war noch nie etwas passiert. Kein Mensch wurde je durch so ein PS-Monstrum verletzt, geschweige denn getötet. Das wunderte mich seit Langem.

Wohl etwas gedankenversunken ging ich über die kleine ruhige Straße, die nach oben führte. Ich hatte weder nach links noch nach rechts geschaut und mich einfach dem Fluss der Menschen hingegeben. Von oben schoss jäh ein Radfahrer heran. Ich hatte ihn auf dem Kopfsteinpflaster im letzten Moment eher gehört als gesehen. Ich blieb unwillkürlich stehen und wandte mich dem Radfahrer reflexartig zu, die Arme abwehrend ausgestreckt. Der Radfahrer kam nicht einen Zentimeter vor mir zu stehen, sondern exakt vor mir. Das Vorderrad berührte ganz leicht mein linkes Bein. Es war nichts passiert. Eine Vollbremsung, wie sie präziser nicht möglich war. Nicht geplant und im Ergebnis fast ein Wunder. Als das Rad samt Fahrer vor mir zu stehen gekommen war, griff ich, alles dauerte ja nur den Bruchteil einer Sekunde, so reflexhaft, wie ich meine Arme abwehrend ausgestreckt hatte, nach dem Lenker. Der Radfahrer sah mich erschrocken und mit großen Augen an.

„Mensch Alder, eyh!"

Mehr sagte der Radfahrer nicht. Ich war mindestens so erschrocken wie der Mann, der vor mir stand. Der Radfahrer war vielleicht Mitte, Ende zwanzig. Er sah aufgeweckt, ja intelligent aus, passte ins Viertel, auch optisch, kleidungstechnisch. Wir verharrten so wenige Sekunden, jeder wusste erst mal nicht, was er tun, was er sagen sollte. Der Blick des Radfahrers zeigte schnell wachsende Spannung, als komme – nach dem Schrecken – Angst in ihm auf. Ich verharrte noch immer in meiner Stellung, hatte noch immer den Lenker fest im Griff. Mit beiden Händen. Ungewollt. Nicht geplant. Es dauerte einfach, bis meine eigene Anspannung nachließ.

Der Radfahrer tat mir inzwischen fast leid. Ich war ja an allem schuld, hätte ja gucken können, wo ich hinlaufe. Der junge Mann sah auf seinem Rad inzwischen so aus, als erwarte er Schlimmstes. Alles hatte bislang nur wenige Sekunden gedauert, aber in einer solchen Situation höchster Anspannung, schlagartig, ruckartig, reflexartig entstanden, konnten Sekunden zu einer gefühlten Ewigkeit werden. Jeder Mensch, der Ähnliches erlebt hat, kurze Momente existenzieller Bedrohung, kennt das. Eine Nahtoderfahrung gleichsam – der junge Mann hätte ja auch kein Rad, sondern ein schweres Motorrad fahren können.

Inzwischen – was heißt inzwischen, es war nur ein extrem kurzer Moment vergangen – war ich wieder zur Besinnung gekommen. Ich lächelte den jungen Mann unwillkürlich an und sagte:

„Ich wünsche Dir noch einen schönen Abend!"
Der Radfahrer schmolz von einem zum nächsten Augenblick dahin. Ich hatte selten, womöglich noch nie in meinem Leben einen Menschen erlebt, der eine derartige Erleichterung offenbarte, so heftig und in so kurzer, extrem kurzer Zeit. Als hätte ich ihm eine Maske – weiß und kalt und voller Panik in weit aufgerissenen hohlen Augen – heruntergerissen. Hinter der Maske erstrahlte ein Gesicht voller Glück. Erlösung, ja Dankbarkeit schlug mir entgegen. Ich war fast gerührt. Der junge Mann lachte laut auf und sagte, nein, stieß heraus:

„Mensch Alder! Das wünsche ich Dir auch! Das wünsche ich Dir auch!"
Er streckte mir seine Rechte zum Abklatschen entgegen. Erst jetzt merkte ich, dass ich noch immer den Lenker seines Rades fest im Griff hatte. Ich nahm meine Linke, klatschte ab und ging zwei Schritte zur Seite, damit der

junge Mann weiterfahren konnte. Er winkte und lächelte mir noch mal zu. Ich winkte und lächelte zurück. Er fuhr los. Ich ging weiter. An der nächsten Kreuzung guckte ich erst nach links und dann nach rechts, bevor ich die Straße überquerte.

———————

A und B
– oder vom Sinn des Lebens

B: Das klingt nun aber doch etwas hochtrabend: die ‚universelle Entfaltung der Persönlichkeit‘ …

A: … ja, mag ja sein, aber das ist genau das Ergebnis, zu dem die großen Denker und Philosophen in der Tradition der Aufklärung und des Humanismus gekommen sind – von Sokrates über Kant und Marx bis zu Habermas.

B: Und wer macht die Arbeit, während sich diese großen Denker und Philosophen – und vielleicht noch ein paar andere – ‚universell entfalten‘? Diese Philosophen lebten oder leben doch letztlich von der Arbeit anderer, ihre ‚universelle Entfaltung‘ geht zeitlich doch auf Kosten der großen Masse der Arbeitenden, die 40 und noch mehr Stunden in der Woche malochen und gar keine Zeit haben, sich ‚universell zu entfalten‘ – sondern sich abends, von der Arbeit erschöpft, maximal noch vor die Glotze hängen oder an den Tresen der Stammkneipe.

A: Stimmt, so ist es, größtenteils zumindest, aber so sollte es nicht sein. Die notwendige Arbeit sollen alle machen – alle anteilig. In den Worten von Marx: Das Reich der Notwendigkeit, und das besteht in seinem Kern aus Erwerbsarbeit, soll so weit wie möglich reduziert werden, um das Reich der Freiheit und freien Entwicklungsmöglichkeiten so weit wie möglich erweitern zu können.

B: Das fordern doch aber auch die Gewerkschaften, schon lange Zeit, und nicht nur diese ‚großen‘ Denker und Philosophen. Heutzutage heißt das einfach: Arbeitszeitverkürzung für alle statt Arbeitslosigkeit für viele.

A: Stimmt! Und umso besser! Aber sonderlich weit sind wir in diesem Projekt noch nicht gekommen. In den letzten Jahren ging es sogar in die entgegengesetzte Richtung –

aufgrund der schroffen Umverteilung von unten nach oben müssen die da unten oft sogar noch staatliche Unterstützung anfordern, obwohl sie einen Vollzeitjob haben, oder sie arbeiten anteilig noch in einem Zweitjob. In der Nachkriegszeit ging die durchschnittliche Arbeitszeit jedoch zunächst für alle peu à peu zurück: von der 48-Stunden- zur 40-Stunden-Woche, es gab mehr Urlaub, die Leute gingen früher in Rente, und sie stiegen später ins Berufsleben ein, weil sie länger zur Schule gingen.

B: Klar, grundsätzlich ist es möglich, die wachsende Produktivität der Wirtschaft, die aus dem immer intensiveren Einsatz von Produktionsautomaten und Robotern entsteht, in mehr Produktion oder weniger Arbeitszeit zu verwandeln …

A: … oder anteilig in beides!

B: Ja, das war ja die reale Entwicklung, bis die ganze Chose dann wieder in die entgegengesetzte Richtung ging, wie Du schon sagtest. In Richtung von Mehrarbeit – obwohl die Produktivität immer weiter stieg und steigt. Der wissenschaftlich-technische Fortschritt ist ja nicht zu Ende.

A: Genau, und das hat vor allem Marx frühzeitig gesehen und vor diesem Hintergrund seine Forderungen aufgestellt: Reduktion des Reiches der Notwendigkeit zugunsten der Erweiterung des Reiches der Freiheit und genutzt eben für die universelle Entfaltung der Persönlichkeit in den Bereichen Wissenschaft, Kunst, Kultur, Freundschaft, Erotik, Familie. Also in den Bereichen, die unserem Leben einen Sinn geben und ihm Schönheit verleihen.

B: Aber viele haben das Plus an Freizeit auch nur genutzt, um noch mehr Blödsinn zu konsumieren, noch länger vor der Glotze oder dem Computer oder auch noch länger am Tresen zu hängen – also nicht als freie Entwicklungszeit, sondern zugunsten irgendwelcher Freizeitaktivitöten …

A: …töten?

B: …töten!

A: Schöner Begriff, muss ich mir merken.

B: Habe ich neulich gelesen in einem Buch über Kreta. Der Autor wollte damit sarkastisch beschreiben, was die Pauschaltouristen in der Regel so treiben in ihren abgeriegelten Hotelanlagen – statt die grandiose Natur und Kultur dieser grandiosen Insel zu erkunden.

A: Klingt gut, muss ich mal lesen das Buch.

B: Unbedingt! Man lernt viel – und es gibt auch viel zu lachen.

A: Hast Du den genauen Titel im Kopf und den Namen des Autors?

B: Der Titel lautet, glaube ich, „Rebellen auf Kreta" …

A: … „Forellen auf Kreta"?

B: Nein, „Rebellen auf Kreta" – aber den Namen des Autors habe ich gerade vergessen. Er heißt ziemlich ungewöhnlich – Egmann Scheunebert, oder so ähnlich.

A: Na, egal, werde ich schon rausfinden bei ‚mogel' oder so.

B: Was mir aber noch in den Sinn kam: Ich glaube, dass es in der modernen Welt – auch wenn man alle möglichen Arbeitszeitverkürzungen für möglichst viele Menschen realisieren würde – immer weniger möglich sein wird, sich wirklich ‚universell' zu entfalten. Das Wissen, die Informationen – das alles wächst doch viel, viel schneller als unsere Aufnahmekapazität. Der Begriff des Universalgelehrten stammt aus einer Zeit vor der industriellen Revolution. Heute kann man jemanden, der von sich behaupten würde, er sei ‚universal gelehrt', doch nur noch als Scharlatan bezeichnen.

A: Das bestreite ich! Guck mal: Inzwischen machen über 50 Prozent der Schuljahrgänge Abitur – zu meiner Zeit waren das vielleicht 25 Prozent. Und bis zum Abitur genießen die Kinder und Jugendlichen eine tendenziell universelle Bildung und Ausbildung: in Deutsch und zwei anderen Sprachen, in den Naturwissenschaften, also Physik, Chemie und Biologie, in Mathematik und auch in Geschichte, Politik und Sozialkunde – und nach der Schule haben viele Kinder noch Gitarren- oder Klavierunterricht oder gehen zum Sport oder Theater-Workshop.

B: Ich wusste noch gar nicht, dass ich so viel weiß und so schlau bin …

A: … bist halt Abiturient! Und was man bis zum Abitur so lernt, ist nicht wenig. Nehme die Mathematik: Infinitesimalrechnung, also Differenzial- und Integralrechnung, lineare Algebra, Trigonometrie – mit diesem mathematischen Wissen kann man zum Beispiel schon die Spezielle Relativitätstheorie mathematisch-formal nachvollziehen.

B: Ob man sie inhaltlich begreift, ist dann aber eine ganz andere Sache.

A: Stimmt, es sollen sie ja nur drei Leute begriffen haben.

B: Und welche?

A: Egal, zu spät. Die sind alle schon gestorben. Inklusive Einstein.

B: Gut, aber irgendwann muss man dann doch mal arbeiten, also nach dem Abitur. Und dann studiert man eben nur ein Fach – und maximal noch ein Nebenfach. Nach der universellen Entfaltung kommt die Spezialisierung – und nicht selten der Fachidiotismus.

A: Richtig. Aber wer sagt, dass die tendenziell universelle Schulausbildung bis zum Abitur nur zwölf oder dreizehn Jahre zu dauern hat? Warum nicht irgendwann vierzehn, fünfzehn – oder zwanzig Jahre? Der Produktivitätsfortschritt macht das möglich! Es muss nur umgesetzt werden. Und stelle Dir vor, Du hättest nicht nur drei Jahre Oberstufen-Mathematik gehabt – sondern vier oder fünf oder gar zehn Jahre? Wo wärst Du jetzt in der Mathematik – und analog in der Physik, in der Chemie und in allen anderen Fächern?

B: Beeindruckend weit …

A: … ich würde mal sagen: auf dem Ausbildungsstand mindestens eines Bachelors, und zwar in allen genannten Fächern. In allen! Und warum sollte diese Entwicklung in fernerer Zukunft ein Ende haben? Ein absolutes Ende der Wissenschafts- und Geistesentwicklung der Menschheit kann ich mir kaum vorstellen – zumindest nicht für die kommenden Jahrhunderte. Die universelle Entfaltung der Persönlichkeit ist also möglich. Für alle, ich betone: für alle Menschen! Die Erträge der wachsenden Produktivität müssen halt nur entsprechend umverteilt werden …

B: … ‚nur‘ …

A: … klar, das ist genau der Knackpunkt. Die Sache ist möglich, machbar, aber sie wird nicht gemacht oder viel zu wenig …

B: … und ich glaube auch, dass es vielen gar nicht bewusst ist, dass es möglich ist. Die meisten, vermute ich, nehmen den üblichen Lebensweg – Schule, Studium oder Berufsausbildung, Vollzeitberuf bis zur Rente und dann eben Rente bis zum Löffelabgeben – als völlig normal hin und kommen gar nicht auf die Idee, dass man anders leben könnte im Sinne einer weitestmöglichen Reduktion der Erwerbsarbeit und sinnlosen Konsums zugunsten der universellen Entfaltung der Persönlichkeit.

A: Das stimmt leider. Aber das gehört eben auch zum Projekt Humanismus und Aufklärung – dass man die Menschen aufklärt, dass ein anderes Leben möglich ist. Und machbar! Hier und jetzt!

B: Mir geht da gerade etwas durch den Kopf.

A: Na, was denn?

B: Wenn man das Gespräch, das wir gerade führen, aufgenommen hätte, könntest Du alter Schreiberling es zu Papier bringen. Und das Ergebnis wäre weit, weit weniger umfangreich als die Werke der anfangs genannten Philosophen des Projektes Humanismus und Aufklärung.

A: Gute Idee! Ich glaube, unser Gespräch kriege ich auch noch aus dem Gedächtnis zu Papier – wenn nicht auf den Desktop.

B: Ja, dann tu's doch! Obwohl …

A: Obwohl was?

B: Mir ist das vorhin schon kurz in den Sinn gekommen, als …

A: … ja, was denn? Mache es nicht so spannend!

B: Also: Würde das, was wir hier gerade bereden, jemand lesen, der komplett im beruflichen 40-Stunden-Normaltrott und im üblichen Konsumleben steckt – würde ihm das nicht eventuell sauer aufstoßen?

A: Wieso?

B: Na, weil er indirekt gesagt bekommt, dass das Leben, das er führt, vielleicht doch nicht so ganz sinnvoll ist?

A: Soll denn der Arzt dem kranken Patienten nicht sagen, dass er zu viel raucht und säuft und frisst und zu oft ohne Präservative Nutten aufsucht? Klar, es hört doch keiner gerne, dass er Scheiße baut.

B: Solche Formulierungen würde ich unbedingt unterlassen! Damit stößt du Leuten vor den Kopf und erreichst das genaue Gegenteil von dem, was Du willst!

A: Gut, ich werde es etwas diplomatischer formulieren. Aber ich werde auf jeden Fall bei der Wahrheit bleiben – und die ist nicht immer schön.

B: Zum Beispiel?

A: Tausende Beispiele könnte ich Dir geben. Ich führe solche Gespräche wie dieses mit Dir hier gerade eben ja immer wieder. Und oft, nein: eigentlich immer kommt der Einwand von jenen, die im beruflichen 40-Stunden-Normaltrott und im üblichen Konsumleben stecken, dass sie aber, ich übertreibe mal ein bisschen, einen ganz tollen Job hätten und den total gerne machen würden – und meine Erfahrung ist, dass sich die meisten Menschen da etwas in die Tasche lügen. Das kann ich sogar beweisen.

B: Und wie?

A: Meine standardgemäße Fangfrage lautet in solchen Situationen: Würdest Du den Job, den Du machst, auch dann noch machen, und zwar in gleicher Qualität wie Quantität, wenn Du das Geld, Deinen Lohn, auch einfach so bekommen würdest, ganz ohne Erwerbsarbeit – oder wenn Du gar zehn Millionen im Lotto gewinnen würdest? Dann zeigt sich immer sehr schnell, dass maximal zehn Prozent einen Job machen und haben, der so spannend, so sinnvoll, so toll ist, dass sie ihn tendenziell auch machen würden, wären sie anderweitig materiell komplett und sogar sehr gut abgesichert. Und ich frage die Leute auch: Warum sehnen die meisten so sehr den Feierabend, das Wochenende und den Urlaub herbei, wenn ihr Job doch so gut, so interessant, so toll ist? Warum sollte jemand vor einer guten, interessanten, tollen Sache flüchten wollen? Wie gesagt, die meisten arbeiten an erster Stelle wegen des Geldes.

B: Das kann ich mir gut vorstellen. Aber haben sich viele nicht auch ein Konsumniveau geschaffen, das sie auf jeden Fall halten wollen, weil sie es einfach genießen – und dafür einen Vollzeitjob in Kauf nehmen, der, wie durchaus hier und da offen eingestanden wird, womöglich nicht hundertprozentig ihren Wünschen entspricht, sondern nur, sagen wir mal: siebzigprozentig?

A: Kein Widerspruch – zumindest zunächst nicht. Natürlich gibt es viele Konsumformen, die wirklich mit Genuss zu tun haben. Aber es gibt auch viele Schwachsinnsformen von Konsum …

B: … jetzt aber bitte keine moralinsaure Konsumkritik mit erhobenem Zeigefinger! Was für Dich Schwachsinnskonsum ist, kann doch für andere höchster Genuss sein!

A: Richtig, aber ich rede gar nicht an erster Stelle von moralisch begründeter Kritik an gewissen Konsumformen – allen voran am Rüstungs- und Waffenkonsum oder auch am ganze Werbungsschwachsinn. Ich rede von systembe-

dingtem Zwangskonsum und Konsumformen zur Errei-
chung bestimmter Ziele, die mithilfe anderer Konsumformen viel besser, viel effizienter, mit viel weniger Aufwand
zu erreichen wären.

B: Zum Beispiel?

A: Nehme den ganzen Autowahnsinn. Die Leute kaufen
sich ein Auto, um – vor allem – zur Arbeit fahren zu können. Und arbeiten müssen sie zu einem erheblichen Teil,
damit sie ihr Auto kaufen und die laufenden Betriebskos-
ten finanzieren können.

B: Das klingt nach einer Tautologie, einer Selbstbegrün-
dung.

A: Das klingt nicht nur so, das ist eine Tautologie – und
eine, die zu Zigtausenden Verkehrstoten und Zehntausen-
den von Verkehrsverletzten jedes Jahr führt, zur Verstop-
fung unserer Städte, zur Luftverschmutzung und zum Kli-
mawandel, zu Lärm und Stress im Stau und beim Stop-
and-go. Das Auto, auch Fahrzeug genannt, ist in Größen-
ordnungen von 90 Prozent ein Stehzeug, das in unseren
Städten, in denen über 80 Prozent des gesamten Autover-
kehrs stattfinden, wertvollen Raum wegnimmt, der viel
sinnvoller genutzt werden könnte …

B: … etwa für mehr Grünflächen, die den Lärm und die
Luftverschmutzung reduzieren, oder auch für bessere Fuß-
und Radwege …

A: … genau! Wenn man zum Beispiel seine Arbeitszeit
von einer Fünf- auf eine Viertagewoche, also um acht
Stunden reduziert und gleichzeitig sein Auto abschafft,
spart man in der Summe Zeit und Geld. Denn man braucht
– zumindest in der großen Zahl der Fälle – natürlich keine
acht Stunden zusätzlich, um sich an den verbleibenden
vier Arbeitstagen zu Fuß, mit dem Rad oder mit öffentli-
chen Verkehrsmitteln zur Arbeit zu transportieren.

B: Aber die Leute fahren mit dem Auto doch nicht nur zur
Arbeit, sondern auch mal ins Grüne oder in die Ferien.

A: Toll! Erst mit dem Auto unsere Städte zerstören – und es dann damit begründen, dass man damit ins Grüne fahren wolle und müsse, weil die Städte vom Auto so zerstört, so laut, so stinkig sind.

B: Das klingt schon wieder nach einer Tautologie.

A: Genau deswegen klingt es danach, weil das schon wieder eine Tautologie ist! Auch ich fahre ins Grüne oder in die Ferien. Aber nicht mit dem Auto, sondern, je nachdem, mit dem Rad oder der Bahn. Und wenn ich mal etwas transportieren muss, etwa bei einem Umzug, oder im Urlaub fremde Gebiete erkunden will, dann miete ich mir halt auf Zeit einen Transporter, ein Auto …

B: … seh'n Se'!

A: Was sehe ich?

B: Na, dass es auch vernünftige Einsatzmöglichkeiten von Autos gibt.

B: Würde ich nie bestreiten. Auch Handwerker, die permanent Dinge, ihr Werkzeug, ihre Materialien, transportieren müssen, brauchen permanent einen Transporter. Dinge können sich nicht selbst transportieren, zu Fuß gehen, mit dem Fahrrad fahren. Aber stelle Dich mal morgens oder abends zur Rushhour an die Straße: In fast jedem Auto sitzt nur eine Person. Und um die zu transportieren, wird eine Tonne …

A: … ich dachte, es geht um Autos?

B: Ja doch, aber die wiegen, sage ich mal, im Schnitt eine Tonne …

A: … diese Persönlichkeitssurrogate eher zwei Tonnen …

B: … Persönlichkeitssurrogate?

A: Sie werden auch SUV genannt.

B: Ach so, ja, sehr nett. Wo war ich stehen geblieben?

A: Bei der Tonne.

B: Genau, da werden also ein bis zwei Tonnen beschleunigt, abgebremst, beschleunigt, abgebremst, beschleunigt …

A: ... man könnte etwas kürzer auch von Stop-and-go sprechen ...

B: ... stimmt, ich rede jetzt aber sozusagen nur aus didaktischen Gründen so redundant, wie es der Autoverkehr in hohem Maße ist.

A: ?

B: Redundant – das heißt, Pi mal Daumen, überflüssig.

A: Stop-and-go ist aber eher zähflüssig ...

B: ... Du bist heute echt in Fahrt!

A: Ach! Besser als im Stau. Vor allem im Kopf.

B: Ich habe mal hochgerechnet, was ich in den letzten 40 Jahren, in Nah- und vor allem Fernzügen sitzend, gelesen habe. Dieser Lesestoff entsprich in etwa dem Lehrstoff eines Bachelor-Studiums! Stelle Dir vor, ich wäre in all diesen Zeiten hingegen hinterm Steuer eines Autos gesessen, auf der Autobahn oder sonst wo. Wo man sich maximal vom Autoradio hätte berieseln lassen können.

B: Interessante Rechnung!

A: Und es wird noch interessanter. Die meisten Autofahrer lügen sich etwas in die Tasche, was die Kosten betrifft, die ein Auto verursacht – Abschreibungen auf den Anschaffungspreis, Steuern, Versicherung, Sprit, Öl- und Reifenwechsel, Reparaturen, Parkplatzgebühren, mal ein Strafzettel. Es gibt Tabellen, herausgegeben vom größten deutschen Automobilclub und vom Bundesverkehrsministerium – also nicht unbedingt autofeindlichen Organisationen –, die akribisch die Kosten von Hunderten von Autos, vom Kleinstwagen bis zur dicken Limousine, auflisten, und zwar pro Kilometer oder im Monat. Bei einem Kleinstwagen liegt man etwa bei 30 Cent pro Kilometer, bei einem normalen Mittelklassewagen sind es etwa 50 Cent – und bei einer dicken Karre ist es schnell ein Euro und darüber. Wenn man also mit einem dicken Auto zum Beispiel von Flensburg nach Konstanz fährt und wieder zurück, ist man mal eben 2000 Euro los.

B: Das klingt nicht unbedingt günstig! Aber auch hier kommt mir wieder in den Sinn: Passionierte Autofahrer, die diese Zeilen lesen würden, wären doch spätestens jetzt stinkesauer und würden die Lektüre dieses Dialogs an dieser Stelle abbrechen. Sie müssen sich ja vorkommen wie ertappte – ähm, also, ich sage hier mal lieber nichts.

A: Kein Problem – wir kommen ihnen einfach zuvor und brechen das Thema hier ab! Ha!

B: Okay. Wenn Du diesen Dialog wirklich je zu Papier bringen solltest, wird man ihn ob seiner Kürze ja nicht separat publizieren können. Vielleicht in einem Sammelband mit anderen Dialogen? Aufgelockert mit kleinen, netten Geschichten?

A: Gute Idee. Ich werde darüber nachdenken. Nach schwerer Kost sollte in der Tat etwas leichtere folgen. Zum Beispiel eine Satire.

———————————

Parry Hotter
– und der Sattelschlepper der Hölle

Immer und immer wieder wachte er schweißgebadet auf. Mitten in der Nacht. Mehrfach. Seit langen Wochen. Er träumte bedrohliche, schreckliche Dinge. Angriffe von merkwürdigen Wesen, oft nur nebulös zu erkennen, schemenhaft, schattenhaft, dunkel. Er wehrte sich, fuchtelte mit den Armen in ihre Richtung, schritt zurück, stolperte, fiel hin. Aber nie vollendeten diese Dämonen ihren Angriff. Kurz bevor sie ihn hätten berühren, treffen, töten können, drehten sie ab, flogen sie über ihn hinweg.

Oft schien ihm, als ob ihn etwas beschützen würde, ein viel kleineres, aber anscheinend mächtiges Wesen. Ein vogelartiges Wesen. Einer Eule nicht unähnlich, aber sicher war er sich nicht. Denn sein Schutzengel gab sich nie vollständig zu erkennen. Er schwebte eher hinter, über ihm, meist außerhalb seines Blickfeldes, mehr zu fühlen als zu sehen.

Die Konturen der Orte und Gebäude, der Straßen, Plätze und Brücken, die er in seinen Angstträumen zunächst verschwommen sah, ja nur angedeutet fand, verdichteten sich mit der Zeit immer mehr zu einer Szenerie, einer Topografie, einer Kulturlandschaft, einer großen, prunkvollen Stadt, in deren Zentrum, hoch auf einem mächtigen Berg, ein verwunschen wirkender Palast thronte. Ihm kam diese Szenerie mehr und mehr bekannt vor, er glaubte zu wissen, dass er an diesen Orten schon gewesen war, gewesen sein musste. Oder waren es nur Fantasiegebilde, die sich durch die permanente Wiederholung der immer ähnlichen, oft gleichen Träume zu vermeintlicher Realität komprimiert hatten? Konnte er so langsam Traum und Wirklichkeit nicht mehr unterscheiden?

Die Situation steigerte sich für Parry zur Unerträglichkeit. Er musste herausfinden, ob es diesen Ort seiner Albträume wirklich gab. Unbedingt. Er wusste nicht, wo er ihn suchen sollte, er wusste nur, dass er ihn suchen musste. Sonst würde er wahnsinnig werden – wenn er es nicht schon war.

Parry sagte seinen Geschwistern und Freunden, Bekannten und Nachbarn, er wolle sich einen seit langen Jahren gehegten Traum, nein: Wunsch erfüllen und ein Sabbatjahr nehmen, um die Welt zu bereisen, zu erkunden, zu entdecken. Zu Fuß, wandernd, durchs ganze Land Richtung Süden, zu den Bergen, über sie hinweg und hinaus und bis ans große Meer. Und dann – wer weiß.

Parry hatte alle Vorbereitungen getroffen. An einem sonnigen Tag im Frühling trat er mit seinem Rucksack auf den Schultern frohgemut aus dem Haus und warf, wie verabredet, seinem Nachbarn seinen Wohnungsschlüssel in den Briefkasten. Parry war euphorisch, enthusiastisch, voller Tatendrang. Er ahnte, er wusste, dass Großes auf ihn zukommen würde.

Er trat freudengeblendet auf die Straße. Von rechts näherte sich ein Sattelschlepper mit hoher Geschwindigkeit. Er erfasste Parry, überrollte ihn mehrfach, mit allen Rädern. Was der Lastwagen von Parry übrig ließ, war ein erbärmlicher Klumpen Biomasse, der zu nichts mehr zu gebrauchen war. Am allerwenigsten als Hauptdarsteller in einem achthundert Seiten starken Fantasie- und Abenteuerroman. Inklusive mehrerer Folgebände.

———————

Ein letzter Brief

Hallo Arthur,

Du wirst Dich zunächst wundern, warum ich Dich mit Deinem Vornamen in ‚Reinschrift' anspreche und nicht, wie bislang immer, mit Deinem Spitznamen Atze. Aber die Verwendung eines Spitznamens setzt eine Vertrautheit voraus, die ich in unserem Verhältnis einfach nicht mehr sehe. Und ich spreche auch bewusst von ‚Verhältnis' und nicht mehr von – Freundschaft.

Deine Angriffe auf meine Person, meine Arbeit, meine Projekte, beim letzten Treffen unseres alten Freundeskreises waren der Endpunkt – denn ein solches Treffen, bei dem ich teilnehme, wird es nie mehr geben – einer langen, langen Geschichte, die zurückreicht bis zum Beginn unserer Freundschaft in den frühen Jahren unserer Jugend.

Wir entwickelten uns im Freundeskreis gemeinsam, hörten die gleiche Musik, gingen auf die gleichen Feten und Konzerte, liebten die gleichen Mädels – in der Regel natürlich sequenziell, aber durchaus und gelegentlich auch parallel, wenn nicht synchron. Und wir wurden auch zusammengeschweißt durch die uns feindliche Umwelt – konservative Eltern und oft problematische Familienverhältnisse und konservative bis reaktionäre Verhältnisse in der süddeutschen kleinen Stadt, in der wir aufgewachsen sind, speziell in der Schule.

Und vor allem: Wir entwickelten gemeinsame Werte und Ziele. Wir wollten auf keinen Fall so werden wie unsere Eltern, unsere Lehrer und all die anderen kleinbürgerlichen Leute und reaktionären Mitläufer, die uns umgaben: arbeiten, konsumieren, schlafen fünfmal die Woche, auch Arbeitswoche genannt, dann konsumieren und schlafen zweimal die Woche, auch Wochenende genannt, und dann wieder alles von vorne – bis zum nächsten Urlaub auf Mallorca. Uns war diese ganze Konsum-und-Karriere-Scheiße zuwider. Wir wollten anders leben, sinnvoll, freudvoll, friedlich, sozial und ökologisch orientiert, wir wollten möglichst wenig Erwerbszwangsarbeit leisten, um möglichst viel Zeit zu haben für die sinnvollen und schönen Dinge des Lebens: die Freundschaft, die Liebe, die Musik, die Künste, die Literatur, die Wissenschaften, die Verbesserung und Verschönerung der Welt, die Schaffung gerechter, humaner, sozialer politischer Verhältnisse und die Erhaltung der Natur, der Schöpfung!

Um es auf den Punkt zu bringen: Das grundlegende Motiv Deiner Angriffe auf meine Person ist, so meine These, dass Du mir nicht verzeihen kannst, dass ich inzwischen der Letzte bin, der an diesen ehemals gemeinsamen Zielen und Projekten konsequent weiterarbeitet und sich an den Werten, für die wir mal gemeinsam standen, weiterhin orientiert. Meine schiere Existenz ist für Dich – ganz gegen meinen Willen und meine Intention – eine nackte Provokation. Ich lebe Dir vor, was und wie Du selbst mal leben wolltest. Und Du kannst nicht ertragen, das ich es ‚geschafft‘ habe und immer noch schaffe – und Du nicht. Deswegen machst Du schlecht, was Du ehemals gut gefunden hast, ja Du leugnest hier und da, es jemals gut gefunden zu haben! Das sei doch alles Kinderkram, jugendliche Fantastereien aus der pubertären Sturm-und-Drang-Periode, ein Kampf gegen Windmühlen, albernes Gutmenschentum.

Du betreibst also, wie ich es nennen möchte, negative Selbstwertproduktion, denunzierst andere, in diesem Fall mich, als, bildhaft gesprochen, klein, hässlich, dumm und naiv motiviert – um selber umso größer, schöner, schlauer und rationaler motiviert dazustehen. Andere mit Dreck bewerfen und dann mit dem Finger auf sie zeigen: Seht, wie dreckig der ist – und wie, relativ dazu, sauber ich bin!

Das ist das Kernmotiv Deines extremen Konkurrenzverhältnisses mir gegenüber – eines extrem asymmetrischen Konkurrenzverhältnisses: Der Vektor dieser Konkurrenz weist zu exakt hundert Prozent von Dir zu mir – und zu exakt null Prozent von mir zu Dir. Dein, ich überspitze mal, Imponiergehabe mir gegenüber – ich habe es nie begriffen. Wie konntest Du, um nur ein Beispiel anzuführen, jemals annehmen, dass mich interessieren und dass mir imponieren könnte, wie viel Du verdienst? Dass sich meine Wertschätzung Deiner Person – oder welcher auch immer – an solch einem Kriterium orientieren könnte? Du scheinst wirklich sämtliche unserer ehemals gemeinsamen Werte und Ziele vergessen, wenn nicht verdrängt zu haben!

Aber nein, die Form und der Inhalt Deiner Angriffe auf meine Person und meine Ziele und Projekte zeigen mir, dass Du diese Werte und Ziele keinesfalls vergessen – sondern verraten hast und deswegen im Nachhinein mit Dreck bewirfst. Und wohlgemerkt: Nach Deinen Kriterien verraten hast – nicht nach meinen! Nach meinen Kriterien hast Du sie nicht verraten, sondern Du bist, wie so viele und fast alle, einfach Schritt um Schritt in den ehemals kritisierten Lebensstil reingeschliddert. Irgendwann kamen tolle, gut bezahlte Jobangebote, irgendwann kam eine Familie und kamen Kinder dazu, die finanziert werden mussten – der übliche Weg der Dinge. Man schlug ihn ein, fast alle taten es. Irgendwann hat man vergessen oder verdrängt, dass es noch andere Wege geben könnte – und gibt.

Ich habe niemals jemanden dafür angegriffen, dass er irgendwann und peu à peu diesen üblichen Weg eingeschlagen hat. Und es sei gleich dazu gesagt: Hundertprozentig ist (fast) keiner von uns ein reinrassiger Konsum-und-Karriere-Typ geworden. Einer von uns, Du weißt, wen ich jeweils meine, versucht als Schreiner, nur ökologisch korrekte Materialien zu verarbeiten, ein anderer ist Sozialarbeiter geworden, um so Menschen zu helfen. Einer arbeitet als Wissenschaftler, um die Menschen über die Folgen des anthropogen verursachten Klimawandels aufzuklären. Ein Vierter versucht als Arzt, den Menschen zu helfen, ein Fünfte als Musikerin, das Leben der Menschen etwas schöner und lebenswerter zu machen – und so weiter. Du kennst die anderen Beispiele sozialen oder ökologischen beruflichen Engagements in unserem alten Freundeskreis und auch in einigen meiner anderen Freundeskreise. Ich muss sie hier nicht alle aufzählen.

Und also noch mal: Nie habe ich jemanden wegen dieser ‚Abweichung' vom ‚rechten Weg', von ehemals gemeinsam vertretenen Werten und Zielen angegriffen. Niemals! Die meisten gehören nach wie vor zu meinen besten Freundinnen und Freunden. Du musstest bei unserem letzten Treffen zugestehen, dass ich selbst niemals die Themen anspreche, an denen ich seit – inzwischen – Jahrzehnten arbeite: Politik, Ökonomie, Philosophie, Naturwissenschaften. Und am allerwenigsten habe ich in den letzten Jahrzehnten, bei welchem Zusammenkommen auch immer, jemals thematisiert, was man das ‚sinnvolle Leben' nennen könnte – um ja nur niemandem auf die Füße zu treten und keinen Streit aufkommen zu lassen. Und ich musste erfahren, dass mir selbst noch aus diesem höflichen Schweigen ein Strick gedreht wurde: Wie schon gesagt, für gewisse Charaktere ist meine schiere Existenz, und selbst noch die schweigende, eine schiere Provokation.

Diese Charaktere fangen an, sich am Tisch, an dem man gemeinsam sitzt, zu verteidigen, obwohl ich keinen Ton gesagt habe! Sie greifen mich und meine Projekte an, obwohl sie von diesen in der Regel wenig bis keine Ahnung haben, sprich: kaum etwas von meinen Texten, in denen ich gegen den galoppierenden Irrsinn in dieser Welt anschreibe, gelesen haben. Und es sei angemerkt: Unter jenen, die meine Texte regelmäßig lesen, zumindest die meisten, findet sich interessanter- und pikanterweise keiner oder keine, der oder die mich und meine Projekte jemals angegriffen, desavouiert, schlecht gemacht hätte.

Nun stehst Du also in einer Reihe mit Arndt, Annegret, Billy und Paulus – alles ehemalige Freundinnen und Freunde aus meinen verschiedenen Freundeskreisen. Einige von ihnen sind Dir persönlich bekannt. Alle diese Freundschaften sind am letztlich gleichen Konflikt zerbrochen: einer völlig asymmetrischen Konkurrenz – eigentlich überflüssig wie ein Kopfschuss –, gespeist aus einem schlechten Gewissen, von ehemals gemeinsamen Werten und Zielen abgewichen zu sein, und gesteigert zu nicht selten offener, zum Glück und letztlich immer ‚nur' verbaler Aggression, gerichtet gegen meine Person – und meine Projekte.

Dass ich mit dieser Analyse und Interpretation der Ursache(n) dieser Konflikte ziemlich sicher richtig liege, zeigten mir viel Gespräche mit Freundinnen und Freunden, die diese Konflikte, auf unseren Treffen etwa, immer wieder mitbekommen haben – und ähnlich interpretieren.

Eigentlich sehr schade, all diese Entwicklungen. Aber ich möchte in meinen Freundeskreisen Freundschaften und keine Konkurrenzverhältnisse. Konkurrenz ist etwas für spätpubertäre Dummköpfe, die nicht wissen, was sie tun – und welche Motive sie treiben. Im Kapitalismus großgezogen auf ein ganzes Gesellschaftssystem. Würden diese Menschen ihre Motive erkennen – sie würden erschrecken. Weil es hässliche Motive sind.

Lebe wohl, habe eine gute Zeit! Trotz allem – oder gerade deswegen …

Andreas

————————————

Eleni

Eleni war plötzlich da, einfach so. Noch wusste Noah nicht, wie sie hieß. Aber er konnte kaum die Augen lassen von der neuen Bedienung in seinem Stammcafé. Er saß draußen an einem kleinen Tisch auf der Terrasse. Er las, als jemand in sein Blickfeld trat. Noah erhob den Kopf und sah Eleni. Sie sah ihn an, Noah sah sie an. Er vergaß, was er hatte sagen, bestellen wollen. Obwohl er immer dasselbe bestellte, seit langen Jahren, wenn er in seiner Mittagspause dort saß. Zumindest, wenn das Wetter mitspielte. Eine Tasse Kaffee mit einem etwas größeren Glas Wasser.

Eleni lächelte, aber sie sagte nichts. Sie stand nur da und lächelte. Und das Lächeln hörte nicht auf, es erstarb nicht. Aber es kam schnell etwas hinzu, ein Fragen, ein Wundern, ein Verwundertsein, vielleicht auch ein Zweifel, eine Unsicherheit, womöglich ein Staunen.

Noah konnte nicht wissen, dass sie in seinem Gesicht, in seinem Lächeln sah, was er in ihrem sah. Er fühlte sich wie jäh ergriffen, gepackt, ertappt. Wie auf zwei linken Beinen gleichzeitig. Obwohl er saß. Im Mark getroffen, rücklings fast. Obwohl sie vor ihm stand. Er fühlte sich wehrlos, hilflos, ausgeliefert. Leicht von Sinnen. Noah verlor für den Moment jedes Zeitgefühl. Er hätte später niemandem, auch sich selbst nicht, sagen können, wie lange er dort schweigend saß, sie dort schweigend stand.

Es kostete ihn einige Kraft, sich aus dieser Situation zu befreien. Obwohl er doch nur eine Kleinigkeit bestellen wollte. Schließlich presste er seine Worte „Eine Tasse Kaffee mit einem etwas größeren Glas Wasser, bitte!" aus beklemmter Brust durch seine, wie ihm schien, heftig strangulierte Kehle und fast gelähmten Lippen.

Eleni reagierte zunächst überhaupt nicht. Sie antwortete nicht, ihr Gesichtsausdruck blieb völlig unverändert. In Noah stieg es heißt und kalt auf und gleich danach den Rücken hinunter. Er bekam Herzklopfen, sein Kehlkopf schien nun völlig blockiert, seine Hände wurden feucht. Hatte sie ihn nicht verstanden? Hatte er so unverständlich gesprochen? Hatte er überhaupt etwas gesagt? Oder nur seine bleiernen Lippen bewegt, verzogen?

Eleni trat einen kleinen Schritt zurück, riss ihre so und so schon weit geöffneten Augen kurz noch größer auf. Als wolle sie sich aus einer leichten Benommenheit, einer Absenz gar ins Bewusstsein zurückholen. Da war es wieder, ihr anfängliches freundliches, unbefangenes Lächeln.

„Ja, gerne!" Sie sprach es mit leiser Stimme, einer luftigen, leichten, aber dennoch warmen Stimme. Sie sah Noah noch eine Weile an, dann senkte sie den Blick, drehte sich um und ging.

Noah sah ihr unwillkürlich hinterher. Sie war nicht klein, hatte aber eine ungeheuer grazile Figur, sehr schlank, nicht dürr, fast etwas knabenhaft, dennoch eindeutig weiblich proportioniert. Sie ging auffallend geschmeidig, beschwingt fast und lautlos. Wie ein unbeschwertes Reh in einem gefahrenfreien Moment. Oder eine Katze, der es gut geht.

Noah versuchte, sich zu sammeln. Er rückte sich auf seinem Stuhl zurecht, rieb sich mit den Händen das Gesicht, versuchte, seine Gedanken zu sammeln, zu ordnen. Was war da gerade geschehen? Er atmete tief durch, um sich zu entspannen. Er griff nach dem Buch, das er gerade las, klappte es auf und sofort wieder zu. Sie würde ja gleich wieder herauskommen, um ihm den Kaffee zu bringen. Und das Glas Wasser. Noahs Pulsfrequenz erhöhte sich spontan. Er fühlte sich bei diesem Gedanken fast unwohl, hatte sogar etwas Angst. Er griff wieder zu seinem Buch, aber eher, um sich daran festzuhalten.

Eleni kam so lautlos, wie sie gegangen war, zurück und stellte ein kleines ovales Silbertablett mit dem Kaffee und dem Wasser auf Noahs Tisch. Dabei bückte sie sich leicht nach vorn und kam Noah so sehr nahe. Ihre Blicke trafen sich wieder. Eleni lächelte ganz kurz, dann verwandelte sich ihr Blick sehr schnell in einer Weise, die Noah nicht verstehen, nicht interpretieren konnte. Wieder war da ein Fragen, ein Staunen, ein Zweifeln in ihrem Antlitz. Dachte er.

Und dann schoss ihm durch den Kopf, dass die Situation auch ganz einfach ein Selbstläufer sein konnte: Eleni sah Noah so an, wie sie ihn ansah, weil Noah sie ansah, wie er sie ansah. Das könnte das Fragen, das Erstauntsein erklären. Der Blick eines Menschen, der – aus welchem Grund auch immer – ein Fragen, ein Erstauntsein in seinem Gesichtsausdruck trägt, trifft auf den Blick eines anderen Menschen, der sich sofort und zunächst eher unbewusst fragt, warum er so fragend, so erstaunt angesehen wird – und unwillkürlich selbst erstaunt und fragend zurückblickt.

Ja, dieser spontane Gedanke an einen Selbstläufer, eine positiv oder – je nach Perspektive und Kontext – negativ sich verstärkende Rückkopplung, einen Aufschaukelungsprozess, den eigentlich niemand geplant hat und niemand wollte, war womöglich die Erklärung. Alle rennen mit, weil alle mitrennen. Alle gucken doof und fragend, weil alle doof und fragend gucken. Alle lachen mit, weil alle lachen, keiner weiß, wer warum angefangen hat.

Diese Eingebung entspannte Noah schlagartig so sehr, dass er sich mühelos aus offener Brust, befreiter Kehle und lächelnden Lippen bedanken konnte.

Eleni entgegnete mit der gleichen Stimme wie vorhin „Gerne!", lächelte wieder ihr unbeschwertes Lächeln, drehte sich um und ging – nein, sie entschwand. Lautlos wie ein Reh. Geschmeidig wie eine Katze.

*

Die erste Begegnung mit Eleni hatte Noah getroffen wie ein Ehrfurcht gebietendes Naturereignis. Er konnte sich, nachdem er irgendwann nach Hause gegangen war, kaum auf seine Arbeit konzentrieren. Er saß an einem Text, der Abgabetermin drückte. Aber er brachte nichts zustande. Irgendwann erhob er sich von seinem Schreibtisch, ging in sein Musikzimmer und wollte zur Ablenkung Musik hören. Etwas Interessantes, Komplexes, worauf man sich konzentrieren musste. Eigentlich hörte er nur interessante, komplexe Musik. Aber jetzt musste es unbedingt interessante, komplexe Musik sein. Musik, bei der man zuhören musste. Die einen forderte, ergriff, keinen Raum für anderes ließ. Er legte Schostakowitschs siebte Sinfonie in den Player, die ‚Leningrader'.

Noah ging nicht jeden Tag in das Café, nur wenn es, am früheren Nachmittag, zeitlich passte und auch das Wetter passte. Drinnen saß er nur selten. Sollte er jetzt jeden Tag ins Café gehen, um sie zu sehen? Eleni – deren schönen Namen Noah erst ein paar Tage später erfuhr aufgrund eines Zurufs einer ihrer Kolleginnen? Ja, das sollte er, musste er. Er musste sich unbedingt Klarheit verschaffen. War dieser Blickkontakt, der ihn übermannt hatte wie ein Erdbeben, nur ein Selbstläufer gewesen? In seiner ungeheuren Wucht nur das Ergebnis eines sich rasend schnell selbst verstärkenden Prozesses? Oder war er der unwillkürlich sich offenbarende Ausdruck des unverhofften Aufeinandertreffens, Aufeinanderprallens zweier Seelen, die sich anzogen wie zwei starke gegenpolige Magnete?

Er musste es unbedingt herausfinden. Noah beschloss, so oft wie nur möglich ins Café zu gehen. Eleni würde bestimmt nicht jeden Tag dort arbeiten. Die erstmögliche Gelegenheit, mit ihr unter vier Augen zu sprechen, wollte er nutzen, um sie zu fragen, was das, dieses fundamentale

Etwas, denn gewesen sei bei ihrem ersten Kontakt. Ob sie auch empfunden hätte, wie er empfunden hatte.

*

Noah, der jetzt tatsächlich fast jeden Tag das Café aufsuchte, sah Eleni, wie erwartet, nur alle paar Tage und oft nur sehr kurz. Sie schien als Springerin zu arbeiten, fern aller geregelten Arbeitszeiten. Oft hatte sie auch Innendienst hinterm Tresen, als er draußen saß. Dann gab es nur beim Zahlen an der Kasse kurzen formellen Kontakt. Hinterm Tresen war immer viel los, mindestens zwei oder drei Bedienstete machten ihren Job am Kaffeeautomaten, vor der Kuchenvitrine oder eben an der Kasse. Andere Bedienungen holten am Tresen ihre Bestellungen ab, um sie der Kundschaft zu bringen. Kunden standen vor dem Tresen, um zu zahlen oder die verschiedenen Kuchen in der Vitrine zu inspizieren. Nie traf Noah Eleni alleine, unter vier Augen, weder draußen auf der Terrasse und noch weniger drinnen im Café.

Noah gab nicht auf. Irgendwann würde er sie doch treffen müssen außer Hörweite eines anderen Gastes auf der Terrasse, einer Kollegin oder eines Kollegen im Café vor oder hinter dem Tresen. Es passierte aber nicht. Lange Wochen passierte es nicht. Noah hoffte schon, Eleni vielleicht zufällig im Viertel zu treffen. Auf ihrem Weg zum Café oder nach ihrem Feierabend, wenn sie um die Ecke noch etwas zu erledigen, einzukaufen hatte.

Es passierte aber nicht. Woche für Woche. Monat für Monat. Es war Noah unvorstellbar, Eleni in Anwesenheit einer Kollegin oder eines Kunden auf dieses heikle Thema anzusprechen. Völlig unvorstellbar. Völlig ausgeschlossen. Vielleicht sollte er ihr heimlich einen kleinen Zettel zustecken mit seinen Kontaktdaten und der Bitte, sich bei ihm zu melden. Er müsse unbedingt mit ihr sprechen. Es sei sehr, sehr wichtig. Aber er wusste genau, dass in dem

Moment, in dem er Eleni den Zettel zuschieben würde, sämtliche ihrer Kolleginnen und Kollegen und alle Kunden links und recht – natürlich rein zufällig – in seine Richtung gucken und den Vorgang beobachten würden. Noah würde rot wie der Hintern eines Pavians anlaufen, einen Ausbruch stinkenden Angstschweißes erleiden und vor Scham stante pede in Ohnmacht fallen. Nie mehr würde er in seinem Stammcafé auftauchen können nach so einer Schande.

*

Über die Wochen und Monate änderte sich Elenis Gesichtsausdruck wenig, wenn sie Noah sah. Erst ein geschäftiges, aber authentisches Lächeln, das Eleni wohl jedem Kunden erst mal zuwarf, dann aber sehr schnell wieder, und oft von großem Ernst begleitet, dieser Blick fragenden Erstauntseins, erstaunten Fragens. So zumindest interpretierte Noah ihre Augen, ihre Mimik. Und er hatte das Gefühl, Eleni mit genau gleichem Gesichtsausdruck anzusehen – zumal er in solchen Situationen nichts mehr fühlte als ein ernstes, fragendes Erstauntsein.

Es kam der Tag, an dem Eleni Noahs Blick erstmals nicht erwiderte. Eleni war sehr beschäftigt. Aber ein kurzer Augenkontakt dauert nur ein paar Sekunden. Sie mied aber, schien Noah, jede Situation, in der sich ihre Blicke hätten treffen können. Selbst beim Zahlen am Tresen. Noah drückte Eleni das in der Regel abgezählte Geld mit seinem Standardspruch in die Hand, sie bedankte sich, ohne die Augen zu erheben, brav und pflichtgetreu – und wandte sich ab zur nächsten Arbeit.

Noah verließ das Café. Er war verzweifelt. Er hatte den Bogen überspannt. Mit seinem elend langen Warten alles kaputtgemacht. Mit seiner Feigheit. Seiner falschen Scham. Seiner zelebrierten Schüchternheit. Vielleicht war er vor allem und an erster Stelle auch nur ein grandioser Idiot.

*

Nein, nicht nur vielleicht. Er war ein grandioser Idiot. Es dauerte nur wenige Wochen – auch in dieser Zeit ergab sich zwischen ihm und Eleni nie eine Situation unter vier Augen –, als Noah erstmals einen kleinen dicken Bauch an Eleni wahrnahm. Sie war schwanger. Eindeutig. Ihre Statur blieb fast so grazil, wie sie immer gewesen war, aber der Bauch wurde immer dicker. Ganz klar.

Noah wunderte sich selbst über seine Reaktion, seine Gefühle – jenseits aller Trauer und Eifersucht gar. Größtenteils zumindest. Er hatte alles derart versemmelt und in den Sand gesetzt, dass er eher innerlich über sich schmunzeln musste, wenn nicht laut lachen. So etwas Kreuzdämliches! Nicht nur mit dem, sondern auch auf dem Silbertablett schwebte Eleni lange Monate an ihm vorbei, er hätte nur zugreifen müssen. Nun hatte sie ein anderer ergriffen, gegriffen – oder sie ihn. Oder beide sich.

Nach einer Weile normalisierte sich die Situation. Eleni lächelte Noah wieder an, Noah lächelte zurück. Aber dieses fragende Staunen war nicht mehr da. Nur ab und zu, ganz selten wieder ein leichter Anflug, kurz und verschämt, so schien es Noah zumindest.

Und dann blieb Eleni längere Zeit weg. Klar. Und als sie wiederkam, war ihr dicker Bauch weg. Und ihr Kind war da. Auch klar. Einige Zeit später sah Noah das Kind, ein kleines Mädchen, das erste Mal. Eleni tauchte, wohl außerhalb ihrer Arbeitszeit, an einem schönen Sommertag mit dem Kinderwagen auf – an ihrer Seite ein Mann, etwa in Noahs Alter. Der Mann sah bei Weitem nicht so bescheuert aus, wie es sich Noah vorgestellt – nein, gewünscht hatte. Er sah diesen Mann vielleicht noch ein, zwei Mal an Elenis Seite. Dann nie mehr.

*

Noah hatte mit der Angelegenheit abgeschlossen. Vor allem und spätestens, als die Sache mit Elenis Bauch, der erst immer dicker wurde und dann schlagartig verschwand, noch ein zweites Mal passierte. Da war die Sache für Noah so abgeschlossen, wie sie abgeschlossener nicht hätte sein können.

Aber in einer gewissen Hinsicht war sie doch nicht ganz abgeschlossen. Denn Noah wusste bis heute nicht, ob diese, führ ihn, legendären Blickkontakte zwischen ihm und Eleni nur das Produkt einer sich selbst verstärkenden Rückkopplung war, an deren Anfang nur ein nichtssagender Zufall stand. Oder war es damals doch – Liebe auf den ersten Blick? Noah hasste diesen kitschigen, ausgeleierten Ausdruck, diese abgedroschene Phrase. Aber eigentlich traf sie die Sache, brachte sie auf den Punkt, auf den Begriff – oder doch nicht?

Diese Ungewissheit quälte Noah immer wieder. Obwohl inzwischen Jahre vergangen waren. Sie würde ihn zeit seines Lebens quälen. Es sei denn, es ergäbe sich doch noch irgendwann die Gelegenheit, die sich in all diesen Jahren nie, wirklich nie ergeben hatte – Eleni unter vier Augen fragen zu können, wie sie diese erste Situation damals empfunden hatte. Und die vielen analogen Blickkontakte später. Und ergäbe sich irgendwann diese Gelegenheit, müsste Noah nur noch den Mut fassen, sie zu nutzen. Nur noch.

*

Noah ging ganz selten auch abends in das Café. Sein Feierabendbier trank er in der Regel in einer Taverne um die Ecke. Das hatte er auch heute getan. Und Alexandros, der Tavernenwirt, war mal wieder in Spendierlaune gewesen. In Sachen Ouzo. Noah ging also leicht beschwingt seines Weges, nachdem er sich bei Alexandros mit viel Überredungskunst regelrecht loseisen musste. Es war ein schöner Sommerabend, relativ spät schon, während der Woche. Im Viertel war nicht mehr viel los.

Als Noah an seinem Stammcafé vorbeikam, sah er durch die große Scheibe Michél hinterm Tresen stehen, einen Kellner, den Noah seit langen Jahren kannte. Noah beschloss spontan, noch ein letztes Bier auf der Terrasse zu trinken, einen Absacker. Der Abend war einfach zu schön, um ihn schon zu beenden. Auf der Terrasse saß nur noch ein Paar hinten in der Ecke. Noah setzte sich an einen Tisch direkt vor dem großen Fenster, an dem er, wenn er frei war, oft saß. Noah winkte und lächelte Michél zu, der ihn schon gesehen hatte. Das Paar gegenüber stand auf und ging ins Café, wohl um zu zahlen. Michél kam im gleichen Moment um die Ecke.

„Welch seltener Gast zu so später Stunde! Schön, Dich zu sehen!"

„Ja, ich dachte, an diesem schönen Abend muss ich noch einen Absacker trinken auf dem Weg nach Hause. Bitte ein schönes kühles Bier!"

Michél lächelte Noah an, meinte, das könne er gut verstehen, und drehte ab. Noah dachte, dass Michél gleich zurück wollte, um das Paar vorm Tresen, vor der Kasse, nicht warten zu lassen. Noah wusste nicht, dass Michél nicht allein war. Und er wunderte sich, wie schnell sein Bier kam. Nicht Michél brachte es heraus. Sondern Eleni.

Die Situation schien Noah fast so wie damals vor langen Jahren, als er und Eleni sich das erste Mal sahen, allein auf der Terrasse. Eleni lächelte Noah an und stellte das Tablett mit der Flasche Bier und dem Glas auf den Tisch. Sie trat einen Schritt zurück, drehte aber nicht sofort ab. Sie stand einfach noch da und lächelte Noah an. Und da war er wieder, dieser Blick, dieses fragende Staunen. Eine unglaubliche Wärme erfüllte Noah von einer zur nächsten Sekunde. Er war, ganz anders als damals, völlig gelöst, gut gelaunt, wohl auch Dank des vielen Ouzos. Er war allein auf der Terrasse mit Eleni, seit damals zum ersten Mal wieder. Das war die Gelegenheit, auf die er so lange gewartet hatte. Noah dachte nicht lange nach, suchte, prüfte keine Worte, redete einfach drauflos, jetzt musste es sein, es ging nicht anders:

„Eleni! Ich muss Dir unbedingt etwas sagen. Ich will Dir das schon seit langen Jahren sagen, aber ich habe mich nie getraut. Nein, es war halt nie Gelegenheit. Also, ich finde Dich ganz wunderbar und habe Dich schon immer ganz wunderbar gefunden. Und wenn Du ‚Ja!' sagen würdest, würde ich Dich auf der Stelle heiraten!"

Jetzt war es doch wieder wie damals. Noah war plötzlich wie von Sinnen. Was hatte er da eben gesagt?

Eleni schien wie von einem Mehlsack getroffen. Sie machte einen Schritt zurück, stieß mit den Beinen gegen die Lehne des Stuhles, der hinter ihr stand, kippte nach hinten über die Lehne und landete mit dem Po genau auf dem Stuhl. Ihre Beine baumelten über der Lehne. Noah war im selben Moment reflexartig aufgesprungen, um nach Eleni zu greifen, sie vor dem Sturz zu retten. Vergeblich. Er blieb mit seinem linken Knie an einem Tischbein hängen und stürzte, nicht tief, da er fast noch saß, auf alle Viere. Er richtete sich schnell wieder auf, aber zunächst nur auf die Knie. Eleni saß in ihrem Stuhl, die Beine hingen noch immer über der Lehne, keinen halben Meter vor Noah, sie hielt sich erschrocken an Lehne und Rückenlehne fest.

Michél kam um die Ecke geschossen. Er hatte die Szene von drinnen gesehen. Er wirkte zunächst völlig erschrocken. Wie Noah und Eleni.

„Was ist denn passiert? Ist euch was passiert?"
Aber Michél sah schnell, dass nichts Schlimmes passiert war, nur ein kleines, na ja, mittelschweres Malheur. Und

er fing an zu schmunzeln – um gleich darauf laut herauszulachen.

„Mensch Noah" – Noah kniete noch immer und realisierte erst langsam, was eben passiert war –, „das ist ja ein Bild für die Götter! Man sollte ein Foto davon machen. Es sieht aus, als ob Du Eleni einen Heiratsantrag machen würdest! Auf Knien! Und sie hat es glatt umgehauen!"

„Echt?" Noah konnte nicht wissen, wie dämlich er bei dieser Frage aussah.

Michél reichte Noah seine linke Hand, Eleni seine rechte, um beiden beim Aufstehen zu helfen. Als beide standen, berührten sich fast ihre Nasenspitzen. In dieser Situation begriff Michél, fühlte er, dass da zwischen den beiden etwas war. Etwas Schönes.

„Na, ihr macht ja Sachen!" Michél lächelte verschmitzt und ging wieder rein.

Noah schien diese extreme Nähe zu Eleni nicht angebracht, fast ungehörig. Er machte einen kleinen Schritt zurück – nicht ohne mit der Hand zu prüfen, ob etwas hinter ihm stand. Was sollte er jetzt sagen, tun? Es war wohl die peinlichste Situation seines Lebens. Er stotterte drauflos, dass ihm das alles sehr, sehr unangenehm sei, dass er einfach drauflosgeredet habe, ohne groß nachzudenken, dass er Eleni nicht belästigen wollte, dass er vielleicht einfach zu viel getrunken hatte. Er müsse jetzt gehen, und sie solle das bitte einfach alles vergessen.

Noah war so verzweifelt, dass er die ganze Zeit kaum Elenis Gesichtsausdruck wahrnahm – auch weil er aus Scham andauernd den Blick senkte. Nur ihren erschrockenen Blick hatte er wahrgenommen, als sie mit ihrem Po auf den Stuhl geplumpst war. Er bat nochmals um Entschuldigung, senkte wieder die Augen, drängelte sich an Eleni vorbei und lief zwei, drei Schritte in Richtung seiner Straße.

„Noah!" Eleni hatte ihn noch nie bei seinem Namen genannt.

Noah blieb stehen und drehte sich verwundert um. Eleni stand noch immer da wie eben.

„Ja!"

———————————

Umberto und Peppe

Ich war, wie so oft, in Berlin. Johannes, Patrick und ich trafen uns bei Ersterem zu unserem, man könnte sagen: akademischen Stammtisch. Von anderen Treffen abgesehen, etwa während eines gemeinsamen Urlaubs irgendwo, machten wir das drei Mal im Jahr. Mal bei Patrick, mal bei mir und diesmal eben bei Johannes in Berlin. Meist über ein Wochenende, Freitag bis Montag.

Einen Abend – wenn nicht Tag – pro Wochenendtreffen öffneten wir unseren Stammtisch immer auch für Dritte, Pardon: Vierte, wenn nicht gar Fünfte. Das war dann unser, wenn man so will, ‚sozialer Tag'. Ich habe sehr viele Freunde in Berlin. So viele, dass es mir völlig unmöglich ist, alle abzuklappern, wenn ich in Berlin bin, meist nur, wie gesagt, übers Wochenende. Selbst das Abklappern über eine ganze Woche hinweg würde in Terminstress ausarten. Ich weiß, wovon ich rede, ich habe es schon mal probiert. Unser ‚sozialer Tag' war also ein guter Kompromiss zwischen Geheimbündelei und Oktoberfest.

Diesmal machte ich es so, dass ich, es war ein schöner Sommertag, unseren Stammtisch schon gegen Mittag verließ – an unserem ‚sozialen Tag' natürlich, alles andere wäre völlig unzulässig gewesen und schwer geahndet worden von Ersterem und Zweiterem, also Johannes und Patrick. Ich wollte meinen guten alten Freund Umberto, den ich einige Zeit nicht gesehen hatte, endlich mal wieder etwas länger und auch intensiver sehen, also zunächst ein paar Stunden unter vier Augen. Da kommen einfach ganz andere Themen auf, tiefer gehende, intimere – oder auch nur drollige Geschichten aus gemeinsamen alten Tagen, die Ersterem und Zweiterem, also Johannes und Patrick, womöglich nicht so interessieren, sondern nur Dritte und Vierte, also, in diesem Fall, mich und Umberto.

Wir hatten die Sache so geregelt, dass wir uns alle gemeinsam um 19 Uhr im „Engelbecken" am Lietzensee in Berlin-Charlottenburg treffen würden zu einem schönen Essen. Johannes, Patrick, Umberto und ich. Wie sich herausstellte, gab es da ‚Tegernseer Bier', eines der besten, die ich kenne. Süddeutsch, wenn nicht bayrisch, spritzig, fast ein bisschen fruchtig, wunderbar. Es schmeckt so gut, dass selbst Ersterer, also Johannes, ansonsten passionierter Weintrinker, am Biere hängen blieb und dessen Quanten derart inhalierte, dass ihm, später beim schwungvollen Aufstehen und versuchten Gehen, durchaus eine kleine Gangataxie eignete – wie der Arzt, man könnte fast sagen: süffisant gleich selbst diagnostizierte.

Aber ich greife vor. Ich bin dann also am frühen Nachmittag los in Berlin-Lichtenrade, wo Freund Johannes wohnt, mit S- und U-Bahn und dann zu Fuß zur Barbarossastraße in Berlin-Schöneberg, wo Umberto damals wohnte mit seiner Familie – Rosine, Ottokar und Janka-Milena. Umbertos Familie begrüßte mich und ich sie, wir quatschten ein bisschen, und dann zogen Umberto und ich los.

Wie schon erwähnt, es war ein schöner Sommertag. Und so schlug Umberto vor, doch einfach schon in Richtung Lietzensee zu schlendern. Der sei zwar ein bisschen weiter entfernt, aber wir hätten ja ordentlich Zeit und er kenne eine schöne Strecke. Gesagt, getan. Wir wackelten los, machten mal hier, mal da halt, holten uns ein paar Kugeln Eis, setzten uns in ein Straßencafé und tranken einen Cappuccino, machten kurz Pause auf einer Parkbank.

Trotz allen Schlenderns und Pausierens waren wir schon gegen 18 Uhr am Lietzensee. Keine 50 Meter vom „Engelbecken" entfernt gab es ein kleines Bootshaus – mit Ausschank. Man konnte schön draußen sitzen, direkt am See, am Wasser. Es war die perfekte Zeit und die perfekte Location für ein Feierabendbier. Wir holten uns zwei

Hefeweizen und setzten uns an einem Tisch unter den Sonnenschirm. Die Sonne stand schon ziemlich schräg. Ihre Strahlen verwandelten das Hefeweizen in den Gläsern in glänzendes, leuchtendes Gold. Trinkbares Gold. Wunderbar! So wunderbar, dass wir gleich zwei tranken. Jeder.

In bester Stimmung schlenderten wir kurz vor sieben zum „Engelbecken" hoch. Im Windfang kam uns ein Kellner entgegen. Ja, ein Freund hätte auf seinen Namen einen Tisch für vier Personen bestellt zu 19 Uhr. Der Kellner guckte kurz nach, kam zurück, deutete auf einen Tisch hinten rechts in der Ecke und meinte, die Herrschaften dort hätten schon bezahlt und würden sich gleich erheben.

Kein Problem, wir würden hier kurz warten. Umberto ergriff die Gelegenheit und fragte den Kellner, wo denn die Toiletten zu finden seien. Der Kellner deutete nach hinten links. Umberto entschwand. Ich stand vielleicht zwei Minuten, als aus der Toilette nicht etwa Umberto zurückkam – sondern sein Bruder Peppe, den ich auch gut kenne. Peppe war mindestens so erstaunt, mich zu sehen, wie ich erstaunt war, ihn zu sehen. Wir riefen uns fast gleichzeitig verwundert beim Namen. Das sei ja eine Überraschung, meinte ich. Umberto habe gar nichts gesagt, dass auch er, Peppe, eingeladen sei. Peppe sah mich fragend, ja völlig verwundert an: Umberto? Zu was sein Bruder ihn, Peppe, denn eingeladen habe? Und wo Umberto denn sei? Und was ich denn hier überhaupt mache? Ja, meinte ich, wir seien doch hier zum Essen verabredet, Umberto und ich und zwei Freunde, die auch gleich kämen. Und er, Peppe, nicht? Obwohl er hier sei? Wie denn das?

In diesem Moment kam Umberto von der Toilette zurück – und sah Peppe neben mir stehen. Ja, was er, Peppe, hier denn mache? Und es stellte sich heraus, dass die beiden Brüder sich auf der Toilette gar nicht getroffen hatten! Wahrscheinlich, weil der eine, separiert, ein etwas größeres Geschäft als der andere zu erledigen hatte. Es stellte sich heraus, dass alles reiner Zufall war! Peppe gehörte zu den Leuten, die sich gerade an dem Tisch erhoben, den wir reserviert hatten.

Bald darauf kamen der Erste und der Zweite, also Johannes und Patrick. Wir erklärten kurz die verrückte Situation. Peppe wurde spontan eingeladen, sich doch noch auf ein Bier mit an den Tisch zu setzen, von dem er gerade aufgestanden war, um zu gehen. Es blieb nicht nur bei einem. Denn es wurde noch so manche Geschichte erzählt aus der Rubrik ‚Die Welt ist klein!‘ – an diesem wunderbaren Abend, der nicht nur beim Ersten, also Johannes, mit einer leichten Gangataxie endete.

A und B
– vom guten Geschmack. Und der Wahrheit

A: Du tust ja so, als ob es einen ‚guten Geschmack‘ gäbe jenseits unserer Einbildung und sozialer Konstruktion, also quasi einen naturgegebenen.

B: Etwa nicht?

A: Auf keinen Fall gibt es so was! Es gibt keine genetische Vorherbestimmung, was als ‚guter Geschmack‘ zu gelten hätte. Er ist Kulturprodukt, nicht Naturprodukt.

B: Du meinst also, dass guter Geschmack nur Einbildung, also durch Erziehung und Gewohnheit entstanden ist und durch Tradition ‚verewigt‘ wird? Aber das ist nicht logisch, es muss ja erst mal etwas geben, was anerzogen und zur Gewohnheit und dann tradiert werden kann.

A: Klar, aber dieses ‚Etwas‘ ist minimal. Der 99,9-prozentige Rest ist soziales Konstrukt. Nur in und an den Extremen sind wir Menschen genetisch programmiert und tendenziell alle gleich – kulturunabhängig. Zum Beispiel im Bereich der Kulinarik: Ab einem gewissen Grad finden alle eine Speise total versalzen oder höllenscharf oder angebrannt, wenn nicht verkohlt. Ab einem gewissen Quantum Alkohol werden alle bewusstlos. Und wenn zum Beispiel Speiseeis auskristallisiert oder Fleisch zäh und trocken gebraten wird, können sich die Geschmacksstoffe aus physikalischen Gründen, die für alle gelten, natürlich nicht mehr so entfalten – und zum Beispiel soll die Kühlung von bestimmten Getränken umgekehrt gerade die übermäßige Entfaltung gewisser anderer Geschmacksstoffe verhindern. Ob diese Geschmacksstoffe aber einem ‚guten Geschmack‘ oder einem ‚schlechten‘ entsprechen oder nicht, das ist zu hundert Prozent sozial bestimmt.

B: Okay, warmes Bier mag keiner.

A: Ein paar Perverse soll es geben.

B: Ich bin noch immer skeptisch. Wenn etwas ‚nur' soziales Konstrukt ist, heißt das ja nicht, dass es quasi minderwertig oder gar nicht ist. Auch der Kölner Dom ist ein Konstrukt – und sogar ein soziales, das Produkt sozialer Zusammenarbeit und sozialer Arbeitsteilung. Aber er ist doch deswegen nicht minderwertig oder gar nicht? Alles, die gesamte Welt ist doch ‚nur' Konstrukt aus den Elementarbauteilen.

A: D'accord! Wie anders? Es geht beim ‚guten' oder auch ‚schlechten' Geschmack aber um die ästhetische Bewertung dieser Konstrukte. Und die ist selbst ein Konstrukt und in höchstem Maße zeit- und kulturbedingt. Was gestern als schön galt, gilt heute als hässlich. Guck Dir doch den ganzen Modezirkus an. Die Modezyklen wechseln doch innerhalb kürzester Zeit.

B: Lass uns erst mal bei der Kulinarik bleiben. Mir ist da eben etwas eingefallen …

A: Mir auch: Schmecken Dir Oliven?

B: Kommt drauf an welche.

A: Nehmen wir die Sorte, die Dir schmeckt. Wie hat Dir als Kind die allererste Olive dieser Sorte geschmeckt?

B: Ich glaube, ich habe sie wieder ausgespuckt.

A: Und wie hat Dir der erste Schluck – auch kühlen – Bieres geschmeckt?

B: Furchtbar.

A: Der erste Schluck Wein?

B: Entsetzlich.

A: Der erste Schluck Single Malt Whisky – und zwar von der schön rauchigen Sorte?

B: Eine Katastrophe.

A: Der erste Zug an einer Zigarette oder ‚wohlduftenden' Zigarre?

B: Ich musste fast kotzen.

A: Das mussten bestimmt auch die Ethnologen, denen ein nördlicher Stamm als Festmahl den Mageninhalt frisch gejagter Rentiere vorsetzte – für die war das die größte Delikatesse. Habe ich mal in einem Naturfilm gesehen …

B: … aber mal langsam …

A: … stimmt, ich hatte Dich unterbrochen, sorry. Dir war was eingefallen …

B: … also, es stimmt schon, dass Geschmack, ob jetzt guter oder schlechter, anerzogen ist in hohem Maße. Aber es gibt doch auch gewisse objektive biologische Tatsachen, die über unsere menschliche Bestimmung als Kultur- und Sozialwesen hinausweisen. Das beste Beispiel sind etwa Tiere – und die haben nun mal mit menschlichen Konventionen und sozialen Konstrukten nichts zu tun –, die auf gewisse Geschmäcker abfahren oder auch nicht. Schweine zum Beispiel sind ganz wild auf Trüffel – deswegen werden sie auch eingesetzt bei der Suche nach Trüffeln. Oder denke daran, wie Katzen auf Baldrian reagieren.

A: Na, ob das gute Beispiele sind – ich glaube eher nicht. Du suggerierst ja, dass es dann, wenn selbst Schweine etwas gut finden, einen sozusagen kulturunabhängigen Kern dieses ‚guten Geschmacks‘ von Trüffeln geben muss. Ich würde hingegen sagen, dass es kaum ein schöneres Beispiel für die soziale Konstruiertheit von ‚Delikatessen‘ gibt wie gerade Trüffel. Für das Kilo spezieller Sorten zahlen Spitzenköche inzwischen viele Tausend Euro. Würden Trüffel hingegen – wohlgemerkt: bei absolut gleicher Qualität und absolut gleichem Geschmack – in Mengen wachsen wie Kartoffeln: Dieses muffige, herbe Zeugs würde maximal als Saufraß durchgehen! Irgendein Literat sagte mal, Trüffel schmecken und riechen wie ein drei Wochen nicht geduschtes Mädchenpensionat.

B: Okay, ich mag auch keinen Baldrian, nur weil Katzen – wahrscheinlich, weil sein Geruch dem gewisser Pheromone, also von katzenspezifischen Sexuallockstoffen ähnelt – ganz wild danach sind. Dann waren das schlechte Beispiele. Gegessen. Aber wenn wir evolutionär quasi nicht rückwärts gucken, also ins Tierreich, sondern vorwärts: Da zeichnet sich doch seit langer Zeit eine Entwicklung in Richtung einer Weltgesellschaft ab, auch Globalisierung genannt. Und damit auch eine Globalisierung und Universalisierung von Geschmäckern. Klassizistische Prunkbauten haben sich vom klassischen Griechenland etwa zunächst über ganz Europa ausgebreitet, dann über Nord- und Südamerika, und man findet sie schon lange auch in Asien und sonst wo.

A: Das stimmt.

B: Und mich erinnert das ein bisschen an die Diskurstheorie der Wahrheit.

A: Wie ging die eben noch?

B: Ganz einfach: Wahrheit ist das Ergebnis eines herrschaftsfreien Diskurses, und ein herrschaftsfreier Diskurs ist ein Diskurs, eine Diskussion, ein auf Wahrheitsfindung zielendes Gespräch, in dem ausschließlich der eigentümlich zwanglose Zwang des besseren Argumentes zählt – und nicht die größte Macht, das größte Maul oder die dickste Brieftasche. Das Ergebnis eines herrschaftsfreien Diskurses, etwa in den Wissenschaften, ist also – beispielsweise der Satz des Pythagoras oder die Formel $E = mc^2$ – universell wahr, völlig unabhängig davon, welchen Kulturen, Sprachen, Religionen, Ideologien, wissenschaftlichen Schulen oder auch Geschlechtern die Diskutanten angehörten.

Mein Gedanke ist also: In diesem Sinne könnte sich doch auch ein universell gültiger Geschmack entwickeln – ob nun ein ‚guter‘ oder auch ‚schlechter‘. Würden alle, wirklich alle sagen, A sei nicht so schön wie B …

A: … na, na, na!

B: Pardon, ich vergaß. Also X sei schöner als Y – dann wäre das doch ein starker Hinweis darauf, ein starkes Indiz dafür, dass es so etwas wie universelle Schönheit gibt. Besser gesagt: universell geltende Maßstäbe, nach denen etwas – ob Menschen, Gebäude, Gemälde, musikalische oder kulinarische Kompositionen oder was auch immer – als schön gilt oder nicht.

A: Interessanter Gedanke. Das wäre eine Diskurstheorie der Schönheit.

B: Ja, und das ist doch schon in Kants Projekt angelegt. Kant hat drei große Kritiken vorgelegt: die Kritik der reinen Vernunft, die Kritik der praktischen Vernunft und die Kritik der Urteilskraft. Bei der ersten Kritik, jener der reinen Vernunft, geht es, ganz knapp und grob gesprochen, um die Gesetze des Denkens und Erkennens, also um das, was wir auch instrumentelle Vernunft nennen: wie erkennen wir etwas und wie funktioniert das, was wir erkennen – erst wenn wir erkannt haben, wie etwas funktioniert, und zwar auch das Erkennen selbst, haben wir es wirklich erkannt.

Bei der zweiten Kritik, jener der praktischen Vernunft, geht es um lebenspraktische Fragen, also im Kern um die Frage nach dem guten Leben, nach einem vernünftig geführten Leben: Warum soll etwas überhaupt erkannt werden und warum soll es überhaupt funktionieren, zugunsten welcher lebenspraktischen Ziele?

Und bei der dritten Kritik, jener der Urteilskraft, geht es genau um unsere Thematik – um ästhetische Fragen, und zwar in prinzipiell sämtlichen Bereichen, also Kunst, Architektur, Musik und grundsätzlich eben auch Kulinarik.

A: Kant geht also davon aus, dass man über mathematische Fragen, etwa der Algebra, genauso vernünftig diskutieren kann wie über die Frage, ob – vernünftig gemachter – Vanillepudding gut schmeckt?

B: Grundsätzlich ja. Der Begriff des Vanillepuddings kommt bei ihm aber, glaube ich, nicht vor.

A: Ach!

B: Womöglich hätte er eher darüber diskutiert, ob – vernünftig gemachte – Königsberger Klopse gut schmecken oder nicht.

A: Aber die meisten Leute würden doch sagen, dass individueller Geschmack doch rein subjektiv ist, also nicht nur kulturabhängig, sondern – noch viel partikularer – subjektabhängig.

B: Das ist mir wohlbekannt. Aber beachte: Genau diese Leute, die sagen, dass man über individuellen Geschmack nicht diskutieren könne – fangen an, darüber mit Dir zu diskutieren, sobald Du sagst, dass man darüber so vernünftig diskutieren kann wie über die Funktionsprinzipien eines Smartphones oder eines Rasenmähermotors. Sie diskutieren mit Dir über etwas, von dem sie sagen, dass man darüber gar nicht diskutieren könne! Man nennt das in der Erkenntnistheorie einen performativen Selbstwiderspruch. Etwa wenn jemand mit logischen Argumenten anfängt zu diskutieren und versucht zu widerlegen, dass es so etwas wie zwingende Logik gar nicht gibt – sondern eben nur subjektive ‚Logik‘, da ja alles letztlich nur subjektiv sei.

A: Oh ja, dazu fällt auch mir einiges ein.

B: Mir auch. Wenn man sich mal mit der Diskurstheorie der Wahrheit – oder der Schönheit oder des guten Lebens oder von was auch immer – intensiver beschäftigt hat, wird einem auch klar, dass dieses ganze Subjektivogesülze …

A: … schöner Ausdruck …

B: … eigentlich kompletter Schwachsinn ist. Jemand, der wirklich und zu hundert Prozent davon ausgeht, dass alles, jede Erkenntnis, jede Wahrheit, jeder Geschmack, letztlich und immer nur subjektiv ist, müsste eigentlich ab sofort und für alle Zeiten den Mund halten.

A: Wieso?

B: Weil er eben einen performativen Selbstwiderspruch vollzieht. Er spricht jemanden an, obwohl er davon ausgeht, dass sein Gegenüber das gar nicht und letztlich nicht verstehen kann – alles ist seines Erachtens ja völlig subjektiv. Kommunikation, über welchen Gegenstand auch immer, setzt voraus, dass es in dem, was kommuniziert wird, einen objektiven, einen intersubjektiv vermittelbaren Kern geben muss, den alle Kommunikationsteilnehmer verstehen können. Ich betone: können – ob sie es in der konkreten Situation konkret tun, konkret verstehen, ist eine ganz andere Frage …

A: … sie können ja böswillig sein, sich interessenbedingt taub stellen oder einen Gehörschaden haben …

B: … genau. Gäbe es aber grundsätzlich nicht diesen intersubjektiv verstehbaren objektiven Kern, wäre jede Kommunikation zum Scheitern verurteilt, also völlig sinnlos und zwecklos – und die Menschheit als sozialkommunikative Veranstaltung völlig undenkbar. Und genau das ist in der Diskurstheorie der Wahrheit das Kriterium für Objektivität und Wahrheit: die intersubjektive Verstehbarkeit und Gültigkeit. Der eigentümlich zwanglose Zwang des besseren Argumentes geht einfach und zum Glück über unsere subjektiven Köpfe hinweg. Objektivität und objektive Wahrheit sind das intersubjektiv Gültige – idealerweise in einer universellen Kommunikationsgemeinschaft.

A: Und was soll die wieder bedeuten?

B: Die universelle Kommunikationsgemeinschaft kann es real natürlich nie geben – es können nicht sieben Milliarden Menschen gleichzeitig an einem Diskurs teilnehmen. Aber der Gedanke ist einfach: Wenn möglichst viele Menschen, darunter Experten und Wissenschaftler genauso wie Laien, aus ganz unterschiedlichen Perspektiven einen Sachverhalt bestätigen, kann man ziemlich sicher sein, die Wahrheit über diesen Sachverhalt gefunden zu haben. Ich war noch nie in Tokyo. Aber ich habe schon so viel darüber gehört, gelesen, gesehen, von so vielen unterschiedlichen Menschen gesagt bekommen, dass sie da waren –

dass ich keinen vernünftigen Zweifel daran hege, dass es Tokyo wirklich gibt.

A: Womit wir wieder bei der Globalisierung wären oder – wenn man den Blick ins weniger Profane lenkt – bei der Universalisierung der Wahrheit und des ‚guten Geschmacks'.

B: Genau.

A: Mir ist da eben durch den Kopf gegangen: Wie könnte dann zum Beispiel eine universelle, eine ‚gute', eine ‚wahre' Musik klingen? Eine Musik, die tendenziell allen gefällt, der gesamten Menschheit? Wie die von Mozart etwa?

B: Na, dann doch lieber wie die von Black Sabbath …

A: Was?

B: Mozart – auf keinen Fall.

A: Wieso nicht?

B: Seine Musik, besser: die Ästhetik seiner Musik ist völlig zeitgebunden – wie die gesamte sogenannte Klassik.

A: Aber es gibt doch viel Menschen, die Mozarts Musik noch heute schön finden?

B: Ja, klar, aber das sagt mehr über diese Menschen aus als über Mozarts Musik.

A: Jetzt werde mal nicht polemisch!

B: Gar nicht! Es gibt Momente in Mozarts Musik, die ins Zeitlose zeigen, etwa in seinem Requiem oder in der C-Moll-Messe. Und deswegen gilt das entzückende Urteil von Glenn Gould, diesem grandiosen Pianisten, über Mozart, nach dem Mozart nicht zu früh, sondern zu spät gestorben ist, leider gerade nicht – denn beide Werke, vor allem das Requiem, gehörten zu seinem Spätwerk.

A: Meine Herren – Du bist Mozart-Kenner?

B: Man muss sehr gut kennen, was man fundiert kritisieren will – und kritisieren muss. Die ganze Klassik entspricht einem bestimmten kulturellen Entwicklungsstadium der

Menschheit. Es gibt ja die Parallelität von Ontogenese und Phylogenese …

A: Wie bitte?

B: Das ist wieder ganz einfach: Die Ontogenese meint die Entwicklungsstadien des einzelnen Menschen – also seine körperliche und geistige Entwicklung von der Geburt über die Kindheit und Jugend bis zum Erwachsensein …

A: … und auch bis zur Degeneration im Alter …

B: … genau. Und die Phylogenese meint dann die analoge Entwicklung des ganzen ‚Stammes‘, also des gesamten Menschengeschlechts oder zumindest gesamter Gesellschaften. Auch da gibt es quasi Kindheits- und Jugendphasen sowie …

A: … die finale Degenerationsphase.

B: Ja, aber keine Angst, die haben wir noch lange nicht erreicht.

A: Oft sieht es aber so aus!

B: Stimmt, aber das ist nicht Resultat einer Überalterung, einer Überentwicklung, die zur Degeneration führt, sondern einer Unterentwicklung. Die Menschheit steckt quasi noch in ihrer Jugendphase – sie ist, um im Bilde zu bleiben, noch nicht richtig mündig …

A: … eine Gesellschaft von Halbstarken also?

B: Könnte man so sagen. Denn sie handelt noch oft pubertär-testosterongesteuert, also unverantwortlich, unvernünftig, hoch emotional, hysterisch, nationalistisch, religiös-fanatisch …

A: … in Form von kollektiven Gewaltausbrüchen etwa …

B: … genau, das ist gemeint. Und …

A: Was zögerst Du?

B: … worum ging es eigentlich?

A: Die Musik! Ob es eine universelle Musik geben könnte!

B: Ach ja, genau: Ja, bestimmt, die könnte es geben, aber auch von der sind wir noch weit entfernt. Nehme als

Beispiel, Du hattest Mozart ja schon angesprochen, die sogenannte Klassik …

A: … wobei man eigentlich von der mitteleuropäischen Klassik sprechen müsste, denn die japanische oder indische Klassik klingt völlig anders …

B: … völlig richtig. Aber das unterstützt nur noch das, was ich sagen möchte und was zu sagen ist: Die sogenannte Klassik ist sehr stark kultur- und zeitverbunden, sie entspricht dem damaligen Entwicklungsstand der, okay: nicht der Menschheit, sondern der Gesellschaften, in denen sie entstand. Mit allen Begrenzungen …

A: … welchen etwa?

B: Nun, Klassik – und nehmen wir einfach mal Deinen Mozart als den Klassiker schlechthin – klingt eben fast immer sofort nach Klassik. Schon nach zwei Takten, Quatsch: zwei Tönen ist in der Regel schon klar, dass wir Klassik hören – auch wenn wir das konkrete Stück gar nicht kennen.

A: Warum eigentlich? Wegen des Klangs – etwa der Würg-press-Stimmen?

B: Der was?

A: Der Würg-press-Stimmen der Sängerinnen und Sänger. Ein Tenor klingt doch wie ein Mensch, dem man oder der sich die Kehle bis zu einem gewissen Grad zusammenpresst, zusammenwürgt.

B: Netter Begriff – und in gewissem Sinne trifft er auch die Realität, denn es handelt sich in der Tat um Würgen und Pressen, nur aber der eigenen Kehlkopfmuskulatur und nicht etwa eigener oder gar fremder Hände.

A: Obwohl mir nicht selten die Hände zucken, wenn klassische Sänger, etwa in einer Oper, ihre Texte derartig hinauswürgen und -pressen, dass man kein Wort versteht und Untertitel eingeblendet werden müssen. Warum können die eigentlich nicht mit normaler, natürlicher Stimme singen? Wie eine Whitney Houston etwa? Eine Barbra Streisand? Eine Aretha Franklin? Ein George Benson?

B: Das wäre ein Ding! Die gesamte vokale Klassik neu eingespielt mit natürlichen Stimmen …

A: … womöglich gingen dann ein paar mehr Leute in die Oper. Ich zum Beispiel. Aber obwohl: Im Klassikbetrieb ist ja noch manch anderes gewürgt und gepresst, gestelzt und aufgesetzt, einstudiert und affektiert, unnatürlich und übertrieben, maneriert und gekünstelt. Die völlig übertrieben dargestellten Gefühlswallungen der Protagonisten in der Oper zum Beispiel …

B: … damit auch der Letzte in der letzten Reihe sie wahrnehmen kann …

A: … und auch die einstudierten, völlig übertriebenen Ausdrucksgesten der Solisten …

B: … Emotionsausdruck gemäß strenger Straßenverkehrsordnung, könnte man sagen …

A: … oder gemäß rigoroser Exerzierordnung auf dem Kasernenhof. Und zu denken ist auch an die ganzen stereotypen Programmabläufe und auswendig gelernten Verhaltensweisen …

B: … der Verbeuger des Pianisten zum Publikum hin, die linke Hand an der vorderen Ecke des Flügels aufgelegt …

A: … oder auch das ritualisierte, schematische Raus- und Reingehen des Dirigenten beim Schlussapplaus …

B: … ja, das ist alles sehr, sehr formalisiert, ritualisiert, geregelt, schablonenhaft. Viel Raum für Spontaneität und impulsiven Gefühlsausbruch gibt es da nicht.

A: Aber zurück zu meiner Frage: Wenn es nicht die Würgpress-Stimmen sind, die Klassik sofort als Klassik erkennen lassen, selbst wenn man nur wenige Töne gehört hat – was ist es dann?

B: Na, Du hast Dir die Antwort eigentlich schon selbst gegeben. Es sind eben bestimmte melodische, harmonische, rhythmische, klanglich-orchestrale Strukturmerkmale und

Themen, die sich formelhaft, rituell, schablonenhaft wiederholen und wiederholen und wiederholen …

A: … und, fast hätte ich gesagt: wiederholen …

B: … genau. Gäbe es diese Wiederholungen nicht, wäre die Definition einer Stilistik überhaupt nicht möglich.

A: Das klingt einleuchtend. Aber gilt das nicht auch für den Jazz, etwa den Bebop, oder für Reggae?

B: Völlig richtig. Nur das macht die Sache nicht besser, sondern schlimmer. Das sind wieder zwei Beispiele für eine extreme Zeit- und Kulturverbundenheit.

A: Aber es wird doch immer noch Bebop-Jazz gespielt und auch Reggae! Weltweit sogar.

B: Und es wird auch immer noch Klassik gespielt. Aber in dem Sinne, wie man sich einen alten Tempel ansieht oder ein altes Gemälde. In allen diesen Kunstformen kann es Momente des Zeitlosen, des Überkulturellen, des Universellen geben.

A: Wie wäre es mal mit einem Beispiel?

B: Nehmen wir in der Musik den Übergang von der Klassik zur Moderne. Das kann man sehr schön am Werk von Gustav Mahler verdeutlichen, wobei das bei Mahler eher der Übergang von der Romantik, die selbst der Klassik folgte, zur Moderne war.

A: Ich bin gespannt.

B: Zum Beispiel gleich Mahlers erste Symphonie: Das erste, von Streichern und einigen Bläsern in langem, dynamisch ansteigendem Legato gespielte Thema entwickelt sich wie aus dem Nichts. Es ist düster-schön und könnte ohne Probleme die musikalische Einleitung oder Untermalung …

A: … also quasi eine Untermahlerung …

B: … eines modernen Horrorfilms sein – bis das düster-schöne Thema plötzlich von einem, ich glaube von Klarinetten gespielten, Ländler-Thema unterbrochen, wenn nicht zertrümmert wird, bis klassische Thematik also dieses Moment der Zeitlosigkeit erschlägt. Oder nehme Mahlers neunte Symphonie. Da ist es eher umgekehrt. Die ersten Sätze sind noch stark der Romantik verbunden, und hier und da klingt es sogar noch heftig klassisch. Nur dann kommt dieser grandiose Schlusssatz, in seiner Größe eigentlich eine Symphonie für sich, der derartig entrückt – zeitlich wie räumlich – klingt, dass man eben Momente von Zeitlosigkeit und eben Universalismus zu hören meint.

A: Mensch, Du klingst ja richtig poetisch!

B: Ich bin selbst ganz weg.

A: Was Du sagst, speziell zu Mozart und zur sozusagen ‚klassischen Klassik‘, wird das Klassik-Publikum aber bestimmt nicht so gerne hören. Bei dem gilt die Klassik doch als der Höhepunkt der Musikgeschichte, wenn nicht der Menschheitskultur. Danach ging es doch nur noch bergab, so das Credo.

B: Na ja, dieses Publikum könnte sich womöglich auch mal etwas genauer informieren.

A: Inwiefern?

B: Viel klassische Musik, die beim bildungsbürgerlichen und nicht selten elitär eingestellten Klassik-Publikum als höchster Kulturausdruck gehandelt wird, war Auftrags- und Zweckmusik.

A: Fahrstuhlmusik des 17. bis 19. Jahrhunderts?

B: Na, so schlimm vielleicht nicht. Obwohl – vielleicht ja doch …

A: … zum Beispiel?

B: Tischmusik zum Beispiel, also Verdauungsförderungsmusik …

A: … das klingt jetzt weniger poetisch.

B: Mag sein, aber so war es und ist es. Viele klassische Komponisten standen im Sold ihrer Auftraggeber – sie hatten oft gar keine andere Wahl, wollten sie nicht verhungern. Und diese Auftraggeber waren Kurfürsten, Barone

Könige oder auch Kirchenfürsten. Denen mussten sie gefallen, musste ihre Musik gefallen.

A: Mir wird gerade ganz anders.

B: Wieso?

A: Ich stelle mir gerade vor, wie Musik klingen würde, die Angelika Merkel, Donald Trump oder Kardinal Ratzinger in Auftrag geben.

B: Oh Gott! Ich wusste noch gar nicht, dass Du zu solch perversen Gedanken fähig bist …

A: … ich auch nicht …

B: Heutzutage läuft die Sache natürlich und zum Glück anders. Komponisten haben zum Beispiel eine feste Stelle als Lehrer an einer Musikhochschule, sie sind also unabhängig, was ihre Kompositionen betrifft. Aber in der UdSSR unter Stalin etwa achtete das System sehr darauf, dass die Starkomponisten, mit denen man kulturpolitisch weltweit hausieren gehen wollte, man könnte sagen: ,systemkonform' komponierten – also systemförderliche Erbauungsmusik ablieferten. Das hört man zum Beispiel einigen Symphonien von Schostakowitsch an, zumindest einigen ihrer Teile, Sätze oder Themen. Ansonsten sind diese Symphonien oft grandiose Musik – und noch mehr Schostakowitschs Streichquartette, in denen er sich richtig austoben konnte, weil die dem System nicht so wichtig waren.

A: Das wird das Klassik-Publikum nun wieder versöhnen, dass in seinen Musiktempeln auch grandiose Musik gespielt wird …

B: … oder vielleicht auch nicht. Denn die Musik eines Schostakowitsch oder auch Prokofjew hat mit der Musik der ,klassischen Klassik', etwa Mozarts, eigentlich nichts mehr zu tun – außer dass es sich jeweils um orchestrale Musik handelt, ob nun im Kammermusikformat oder im großorchestralen Format, die in den gleichen Musiktempeln gespielt wird.

A: Aber da kommt mir der Gedanke: Die Streichquartette von Schostakowitsch hören doch nur ganz wenige Leute – insofern ist diese Musik doch eher elitär und partikular und eben gerade nicht universell. Helene Fischer hören doch viel mehr, also wäre ihre Musik universeller.

B: Du kannst einem aber auch den Tag versauen …

A: … immer zu Diensten!

B: Also, Du musst das so verstehen: Einsteins Relativitätstheorie verstehen ja auch nur ganz wenige, dennoch ist sie universell gültig.

A: Aber hast Du nicht mal in einem anderen Gespräch gesagt, dass die nur drei Leute verstanden haben – und alle drei sind schon gestorben? Woher willst Du dann wissen, dass sie universell gültig ist?

B: Also …

A: … ich habe das noch nie begriffen, was die Gravitation, also die Tatsache, dass der Apfel vom Baum fällt, mit ‚Raumzeitkrümmung‘ zu tun haben soll – die Krümmung des Raumes könnte ja maximal erklären, auf welcher Bahn sich etwa der Mond um die Erde dreht. Sie erklärt aber in keiner Weise, warum Mond und Erde überhaupt gravitativ aneinander ‚kleben‘ – wie eben auch Apfel und Erde aneinander ‚kleben‘. Auch wenn der Apfel noch am Baum hängt, kann man die Gravitationskraft, die zwischen ihm und der Erde wirkt, messen. Sie ist also ‚da‘ – ohne jede Bewegung auf einer krummen Bahn. Ich habe mal in einem Buch, ich glaube, der Titel lautet „Irrte Einstein?“, ein schönes Gleichnis gelesen: Die Krümmung der Schiene ist in keiner Weise eine Erklärung dafür, warum der zunächst stehende Zug anfängt, sich zu bewegen, und dann auch immer schneller wird.

B: Also, mir schwirrt jetzt so langsam etwas der Kopf. Wir haben angefangen mit der Frage, ob es so etwas wie einen universellen ‚guten Geschmack‘ geben könnte – und sind dann via Vanillepudding, Königsberger Klopse, Diskurstheorie der Wahrheit, Mozart und Helene Fischer direkt bei der Relativitätstheorie Einsteins gelandet. Das muss uns erst mal einer nachmachen!

A: Stimmt. Und ich will keineswegs noch einen thematisch obendrauf setzen. Aber bevor wir auseinandergehen: Weißt Du eigentlich, wie St. Pauli gespielt hat?

———————————

Anton

Anton fing eines Tages an zu humpeln. Mal mehr, mal weniger. Erst dachten wir, er wolle sich nur vor dem Sportunterricht drücken. Ihm täte immer wieder, sagte er dem Sportlehrer – ausnahmsweise mal ein verständiger, einfühlsamer –, das rechte Knie weh, mal mehr, mal weniger. Wir waren damals, alle gute zwölf bis knappe vierzehn Jahre alt, auf der Schiene „Sport ist Mord!" unterwegs und hielten es mit Churchill, der gesagt haben soll: „Treibt Sport, oder Ihr bleibt gesund!" Im Oval um die Wette rennen, über Kästen springen oder auch stürzen, am Reck scheitern, sich am Barren verrenken oder in den Seilen mit den Ringen verheddern, das war nichts für uns langhaarige Nachwuchshippies im Gammlerlook – Anfang der 1970er-Jahre. Die Beatles oder Pink Floyd hören und hier und da erste heimliche Kontakte mit der Bierflasche und den Mädels – in dieser Reihenfolge zwecks Hemmungsabbaus –, das waren eher unsere Betätigungsfelder.

Ich kannte Anton erst etwa zwei Jahre. Die Schule in dem kleinen Dorf, in dem er lebte – eigentlich nur ein Ortsteil des kleinen Städtchens, in dem ich lebte –, wurde geschlossen. Die Kinder kamen an unsere Hauptschule, auch in meine Klasse, Anton und Hubert, Helga und Ulrike und einige andere. Wir befreundeten uns alle sehr schnell, eher und zunächst die Jungs untereinander. Das mit den Mädels kam erst etwas später.

Anton wurde schon nach kurzer Zeit einer meiner besten Freunde. Oft war ich auf dem Bauernhof, auf dem er mit seiner Mutter, seiner großen Schwester und seiner Oma lebte. Mitten im Dorf, direkt gegenüber dem Friedhof und der kleinen Kirche. Zwischen großem Hauptgebäude und gegenüberliegender, noch viel größerer Scheune ein stattlicher Misthaufen. In dem großen Bauernhaus roch es oft nach einer Mischung aus Stall, Speck und Most. Die ganze Szenerie und Topografie – Wiesen, Weiden und der Wald waren nur einen Sprung entfernt – ein idealer Spielplatz für Kinder und heranwachsende Jugendliche.

Antons Vater war, selbst noch sehr jung, erst vor ein paar Jahren gestorben, als Anton also noch ein kleiner Junge war. So ein bisschen merkte man ihm an, dass er inzwischen der Herr, der Pascha im Hause war, gerade mal dreizehn Jahre alt oder vielleicht auch noch zwölf. Speziell gegenüber seiner in jener Zeit noch sehr jungen Mutter leistete Anton sich gelegentlich eine Schnodderigkeit und einen Tonfall, bei dem bei meiner Mutter schnell ihre gefürchtete Linke zum Einsatz gekommen wäre. Die spürten damals, als meine Mutter noch nicht schwer erkrankt war, speziell meine älteren Brüder, als die ähnlich alt waren wie Anton und ich in jener Zeit. Auch mein Vater war früh gestorben, zwar nicht in so jungen Jahren wie Antons Vater, aber gerade mal Anfang Sechzig – zwei Wochen nach seinem Tod war erst mein achter Geburtstag. Anton und ich hatten also einige Gemeinsamkeiten. Vaterlose Gesellen. Und ziemlich renitent. Und einer von uns später sogar noch vaterlandsloser Geselle. Und noch renitenter.

Antons Mutter mochte mich, dachte ich, empfand ich, zunächst nicht wirklich. Sie war mir gegenüber anfänglich sehr distanziert, skeptisch, immer wieder kritisierte sie speziell mein Outfit. Mit nur kurzen, knappen Kommentaren. Die aber saßen. Ich hatte die mit Abstand längsten Haare im Städtchen und noch mehr im Dorfe, mein Gammlerlook war der gammligste. Ich konnte, noch nicht mal richtiger Jugendlicher und noch halbes Kind, tun und lassen, was ich wollte, kommen und gehen, wann ich wollte – solange zumindest meine kranke Mutter zu Hause versorgt war. Meine ältesten Geschwister waren schon alle aus dem Hause, und die wenigen, die noch bei meiner Mutter lebten – schon der nächst Ältere war fast fünf Jahre älter als ich –, waren ob ihrer großen Probleme, die sie mit sich selbst hatten, eher eine zusätzliche Belastung als eine Hilfe. Ich hatte zu Hause Pflichten wie ein Erwachsener – mit zehn Jahren fing ich an, Zeitungen auszutragen, da es, nachdem mein Vater früh gestorben war, zu Hause kaum Geld gab, dann wurde meine Mutter schwer krank, sodass sie auf Hilfe angewiesen war –, also nahm ich mir auch die Rechte eines Erwachsenen. So wurde ich schnell und ganz ungewollt und nicht selten peinlicherweise Vorbild für meine Freunde und – zunächst – Schreckbild ihrer Eltern. Was ich durfte und mir herausnehmen konnte, wollten auch meine Freunde dürfen und sich herausnehmen können. Nur wenige wussten, warum ich diese Sonderstellung hatte. Meine familiären Verhältnisse verschwieg ich, wo und wie es nur ging. Ich lud nie jemanden zu mir nach Hause ein, erst Jahre später, als ich mit meiner Mutter allein zu Hause wohnte, als ich älter war und alles mehr oder minder im Griff hatte und selbst bestimmen konnte. Meinen Freunden also einen ordentlichen Haushalt und geordnete familiäre Verhältnisse vorführen, na ja – vorspielen konnte.

Ich erfuhr erst Jahre später, wie und von wem Antons Mutter von meinen familiären Verhältnissen erfuhr, von der Krankheit meiner Mutter. Eines Tages öffnete Antons Mutter die Haustür, noch bevor ich klingeln konnte. Sie hatte mich wohl durch das Küchenfenster kommen sehen. Sie lächelte überaus freundlich, sah mich aber auch sehr eindringlich an. Ich sagte „Tach!" und ob denn der Anton da wäre. Da umarmte sie mich, meinte, dass sie sich freue, dass ich da sei. Sie hatte mich noch nie umarmt. Ich fand diese plötzliche, unverhoffte Nähe zunächst eher aufdringlich, übergriffig. Ich wusste einfach nicht, wie mir und was hier geschah. Sie führte mich in die Küche, und bat mich, sich an den Tisch zu setzen. Der Anton würde gleich kommen, er kaufe gerade etwas für sie ein. Sie setzte sich an der Tischecke gleich neben mich und fragte, wie es mir ginge – und ich hatte noch gar nicht antworten können, als sie meine Hände ergriff und sagte, ich hätte es ja auch nicht leicht, und sie fragte auch gleich, wie es denn meiner Mutter ginge.

*

Ich hatte Anton mehrere Wochen nicht gesehen. Die Sommerferien verbrachte ich, wie schon in den Jahren davor, fast vollständig in Belgien, bei den Pfadfindern – Ferienprogramm für Kinder aus armen Verhältnissen, organisiert von der Caritas. Als ich das erste Mal wieder bei Anton klingelte, öffnete seine Oma die Tür, eine alte grimmige Frau, die mich nie mochte. Und ich sie auch nicht. Im Hintergrund, aus einem der Räume im ersten Stock, hörte ich „The Long and Winding Road" von den Beatles. Antons große Schwester war ein großer Fan speziell von Paul McCartney. Womöglich saß ja auch Anton bei ihr.

Die alte grimmige Frau sah mich nur grimmig an und sagte kein Wort. Ich fragte, ob denn der Anton auch da sei. Sie antwortete nicht, sondern blaffte: „Der isch im Krankehaus!" Ich erschrak. „Im Krankenhaus? Was ist denn passiert?" „Jo, dem hont'se doch 's Bei abgnumme!"

Ich trat unwillkürlich einen Schritt zurück. Mir war augenblicklich schlecht. Die Alte drehte sich um und rief nach ihrem Enkelkind, Antons großer Schwester. Sie kam kurz darauf runter, begrüßte mich freundlich wie nie, bat mich nach oben und erzählte mir, was geschehen war.

In der Zeit meiner Abwesenheit seien die Schmerzen in Antons rechtem Knie und unteren Bein immer heftiger geworden. Eine Untersuchung führte zur niederschmetternden Diagnose: Knochenkrebs. Weit fortgeschritten. Man hätte viel früher kommen sollen – aber Anton habe sich lange geweigert, zum Arzt zu gehen. Das würde schon wieder werden, meinte er. Irgendeine Entzündung oder

Überreizung. Ich wüsste ja, wie dickköpfig er sei. Antons Schwester sah mich fragend an. Ja, das wüsste ich. Das wüsste ich sehr gut, sagte ich schließlich.

Man habe noch kurz abgewartet, Anton weiter untersucht und alle Therapiemöglichkeiten abgewogen. Aber die Ärzte im Krankenhaus rieten dann dringend zur Amputation. Das sei vor gut einer Woche gewesen. Schon in ein paar Tagen komme er wieder nach Hause. Er müsse dann noch etwas liegen, bald sei er aber wieder wohlauf. Und dann könne ich ihn auch wieder besuchen. Er würde sich bestimmt riesig freuen.

Ich weiß nicht mehr, wie ich an diesem Tag nach Hause gekommen bin.

*

Die Sommerferien waren fast vorbei. In ein paar Tagen fing die Schule wieder an. Antons Erkrankung war natürlich bei allen das Thema, Schülern, Lehrern. Ich fragte die Kinder, die im kleinen Dorf bei Anton um die Ecke wohnten, jeden Tag, ob sie schon etwas gehört hätten, ob Anton wieder zu Hause sei. Eine solche Nachricht hätte sich im Dorfe in wenigen Minuten verbreitet. Nach ein paar Tagen kam Hubert, er wohnte kaum zweihundert Meter von Antons Elternhaus entfernt, auf mich zugerannt und meinte hastig und ganz außer Atem: „D' Anton isch widr d'Homm!"

Jetzt war ich am Zug. Gleich am nächsten Tag wollte ich zu Anton fahren. Mein Fahrrad hatte gerade einen Platten. Nach der Schule rannte ich gleich nach Hause, um den Reifen zu reparieren. Ohne Rad war der Weg ins Dörfchen von Anton doch etwas weit. Ich sagte meiner Mutter, dass ich am nächsten Tag gleich nach der Schule zu Anton fahren würde, ohne Mittagessen im Bauch, ich sei dann so und so viel zu aufgeregt, um einen Bissen herunterzukriegen. Meine Mutter verstand das sehr gut. Ich weiß im

Nachhinein nicht mehr, warum ich nicht schon am gleichen Tag, nachdem das Rad repariert war, zu Anton fahren
konnte – oder wollte.

Und ich fuhr auch nicht am nächsten Tag zu Anton. Mir
vielen die Worte seiner großen Schwester wieder ein, dass
Anton erst noch ein paar Tage liegen müsse. Womöglich
hatte er ja noch Schmerzen und musste umsorgt und ge-
pflegt werden. Da würde ich nur stören, dachte ich mir.
Sagte ich mir.

Auch am darauffolgenden Tag fuhr ich nicht hin. Und
ich merkte so langsam, dass ich mir selbst etwas vor-
machte. Ich hatte ganz einfach Angst. Ich wusste nicht, ob
ich es aushalten würde, Anton in diesem Zustand zu sehen.
Ob ich anfangen würde zu heulen oder ob mir noch ganz
andere Dinge irgendwo rausfließen würden.

Diese Tage waren furchtbar. Ich hatte das Gefühl, dass
mich alle fragend und vorwurfsvoll anguckten, die Kinder
in der Schule, sogar meine Mutter. Ich musste allen Mut
fassen, den ich hatte. In solchen Situationen war das bei
mir aber leider nicht viel. Eines Nachmittags fuhr ich los.
Ich musste. Unbedingt. Mein schlechtes Gewissen drückte
inzwischen unerträglich.

*

Mir pochte das Herz bis zum zugeschnürten Hals, als mich
Antons Mutter die knarzige Treppe hochführte. Oben im
ersten Stock war Antons Zimmer. Sie ging voraus. Die Tür
zu Antons Zimmer stand offen. Schon vom Flur aus kün-
digte Antons Mutter unser Kommen an. Wir gingen ins
Zimmer – und mich begrüßte ein quietschlebendiger, heftig gut gelaunter Anton. Er strahlte, ich war mir ganz sicher, über alle vier Backen und winkte mir beidhändig zu.
Er sah kein bisschen krank aus, eigentlich wie immer. Ich
war völlig überrascht, perplex, erstaunt, ich begriff es
nicht. Meine Angst, meine Anspannung, das Herzklopfen,

meine zugeschnürte Kehle – alles war schlagartig weg. Anton saß in seinem Bett, hatte mehrere Kissen im Rücken und nur ein dünnes Tuch über dem Körper, es war noch Sommer. Wir gaben uns alle vier Hände gleichzeitig. Ich setzte mich auf die Bettkante, seine Mutter auf einen Stuhl etwas abseits.

Ich wollte gerade fragen, wie's ihm ginge, wie der Stand der Dinge sei. Ich kam nicht dazu. Anton rief, nein: trötete heraus: „Gestatten: Käpt'n Ahab! Was zu Diensten?" – und er riss das dünne Tuch beiseite! Ich wusste nicht, ob ich heulen oder lachen sollte oder beides. Ich glaube, es kam beides dabei heraus. Bei mir, bei Anton, bei seiner Mutter. Ich werde diesen verrückten Moment nie vergessen.

Die Wunde war natürlich noch verbunden. Sie hatten ihm das rechte Bein etwas oberhalb des Knies abgenommen. Noch Wochen später klagte Anton über Phantomschmerzen im rechten Knie und unteren Bein – die es nicht mehr gab.

*

Anton und ich erlebten in den nächsten Wochen eine ungeheuer intensive und schöne Zeit. Weil er noch nicht in die Schule konnte, besuchte ich ihn während der Woche fast jeden Tag, um gemeinsam Hausaufgaben zu machen. Wir gingen natürlich alle davon aus, dass Anton vollständig gesunden und dann wieder regelmäßig zur Schule gehen würde. Wenn ich mal nicht konnte, weil ich zu Hause etwas erledigen musste, ging ein anderer Freund aus der Klasse zu Anton. Gelegentlich saßen wir auch zu zweit bei ihm. Auch Hubert kam oft vorbei. Oder Rolf.

Nach dem Pauken machten wir in der Regel irgendeinen Blödsinn. Antons Vater war ein alter Waffenfanatiker gewesen. Es gab im großen Hause ein Eckzimmer im ersten oder, ich weiß es nicht mehr genau, zweiten Stock, das früher sein Hobbyraum gewesen war – mit Werkbank und allen möglichen Werkzeugen an den Wänden. Eine Wand war für die Waffenschränke reserviert. Hinter den verglasten Schranktüren standen Schrotflinten, Jagdgewehre und auch Luftgewehre und Luftpistolen. Und mit Letzteren durfte Anton schießen! Rumballern kann man bei Luftpistolen ja nicht sagen. Natürlich nur auf ausgewählte Ziele. Das war für uns Jungs natürlich ein Heidenspaß. Als ich mal hochkam in den Hobbyraum, stand Anton auf seinem linken Bein, den Oberschenkelstummel rechts auf den Griff einer Krücke gestützt, darüber eine Flinte gelegt, deren Griff er mit der linken Hand hielt. So sah Anton wirklich fast wie Käpt'n Ahab aus! Oder sonst ein Pirat. Antons Augen funkelten. Seine blonden, kräftigen, ja widerspenstigen, fast schulterlangen Haare standen buschig ab. Modell aufgeplatztes Sofakissen. Dieses Bild habe ich bis heute vor Augen, wenn ich an Anton denke.

*

Anton musste regelmäßig zur Nachuntersuchung ins Krankenhaus in der Kreisstadt, ein paar Kilometer entfernt. Oft dauerte es nur wenige Stunden, selten mehr als einen halben Tag. Wenn ich mit den Schulsachen zu ihm kam, war er in der Regel schon wieder zu Hause. Nur dann und wann musste ich etwas warten. Eines Tages, es war inzwischen Ende Herbst oder, ich weiß es nicht mehr genau, vielleicht auch schon Winter, kam nur Antons Mutter wieder zurück. Anton müsse ein paar Tage im Krankenhaus bleiben, sie müssten ihn diesmal etwas intensiver untersuchen. Bald sei er aber wieder zu Hause, ganz bestimmt, keine Angst.

Erst später erfuhr ich von seiner Mutter, dass die Schmerzen wiedergekommen waren. Anton hatte erneut so lange wie möglich geschwiegen, nichts gesagt. Es verdrängt, es nicht wahrhaben wollen. Erst als die Schmerzen immer heftiger und irgendwann unerträglich wurden, sagte er es seiner Mutter.

Es wurden nicht nur ein paar Tage. Der Krebs war wieder da, hatte metastasiert. Ich wusste in diesen Tagen noch nichts davon. Antons Mutter sagte mir nichts, wollte mich wohl schonen. Immer wieder vertröstete sie mich. Anton müsse halt speziell behandelt werden. Ich wollte Anton schon im Krankenhaus besuchen, irgendwie in die Kreisstadt kommen, vielleicht trampen. Ich sagte es seiner Mutter, fragte sie, wo Anton denn genau läge. Sie meinte aber, das ginge nicht. Auf keinen Fall. Ich habe vergessen, welche Gründe sie dafür anführte. Ich weiß nur noch, dass ich das alles nicht verstand – vielleicht erahnte, aber nicht wahrhaben wollte.

Nach einigen Wochen war Anton wieder zu Hause. Wieder hatte mir Hubert in der Schule davon berichtet. Wir hatten zu Hause kein Telefon. Ich war, wenn ich nicht zu Antons Mutter fuhr, auf die Informationen meiner Klassenfreunde angewiesen, die in Antons Dorf lebten. Hubert hatte es morgens von seiner Mutter erfahren. Dem Anton ginge es aber nicht so gut, habe sie gesagt.

Wieder verhielt ich mich feige, wieder hatte ich Angst, wieder fuhr ich nicht gleich zu Anton. Nach ein paar Tagen überbrachte mir Hubert die Nachricht von Antons Mutter: Anton und sie würden sich sehr freuen, wenn ich sie besuchen käme!

Ich fuhr hin. Ich fühlte mich so elend wie damals, bevor ich Anton das erste Mal sah, nachdem sie ihm das Bein abgenommen hatten. Nein, ich fühlte mich noch elender, weil ich ahnte, was auf mich zukam.

Antons Mutter begrüßte mich freundlich, aber mit ernstem und vor allem übermüdetem Blick. Sie bat mich zunächst in die Küche. Wir setzten uns an den Tisch, und erst da offenbarte sie mir alles. Der Krebs sei wieder da, sei in viele andere Knochen gewuchert. Anton sei von der Chemotherapie und der Strahlenbehandlung sehr geschwächt. Er müsse wegen der Schmerzen starke Medikamente nehmen und sei deswegen etwas „trimmlig" im Kopf. Antons Mutter sah mich traurig an, nahm mich bei der Hand und wir gingen nach oben.

Anton lag unter einer dicken Decke, seine Arme lagen darüber. Sein Kopf und sein Oberkörper ragten etwas erhöht auf zwei Kissen. Er sah mich sofort, winkte mir mit einer Hand, die er leicht erhob, schwach zu, lächelte andeutungsweise. Ich ging zu ihm, nahm mit beiden Händen seine Hand und setzte mich auf die Bettkante. Wo ich „alter Sack" denn so lange gewesen sei!? Anton sprach leise, aber er war deutlich zu verstehen. Ich erzählte irgendwas von Problemen zu Hause und dass ich, wir hätten ja kein Telefon, erst verspätet mitbekommen hätte, dass er wieder daheim sei. Irgendwie versuchte ich, mich herauszureden. Er merkte es bestimmt. Wohl auch daran, dass ich meinen Blick immer wieder verschämt abwandte. Und so bekam ich nur langsam, Blick für Blick mit, wie sehr sich Anton verändert hatte, wie stark er abgemagert war. Seine Augen funkelten nicht mehr, sie waren fahl, irgendwie matt und glasig zugleich, seine Wangen tief eingefallen. Anton fragte nach allem Möglichen, wie es den Freunden ginge und wie es in der Schule liefe. Ich merkte, wie ihn das Reden anstrengte. Auch seine Mutter merkte es. Ich hatte sie ganz vergessen. Plötzlich trat sie ans Bett. Sie sprach freundlich, aber bestimmt. Für heute sei es genug, gleich morgen könnten wir uns ja wiedersehen. Anton sah seine Mutter an, als wolle er sie gleich heftig anschnoddern. Aber er tat es nicht. Auch dazu fehlte ihm die Kraft.

*

Ich war noch zwei, drei Mal bei Anton. Beim letzten Mal war er schon fast weggetreten, wie in Trance, wie in einem tiefen Rausch. Sie mussten ihn mit Morphium vollpumpen. Anderes half nicht mehr gegen die Schmerzen. Wenn der Krebs in den Knochen wuchert und wächst, werden, wie ich erfuhr, die Schmerzen unerträglich. Man habe das Gefühl, die Knochen würden bersten, der Körper würde platzen. Dieser elende Krebs, diese verfluchten Metastasen hatten sich über Antons gesamten Körper ausgebreitet, sich in nahezu alle Knochen gefressen, aus denen sie jetzt wieder ausbrechen wollten – und ausbrachen.

Ich konnte den Anblick meines leidenden, sterbenden Freundes irgendwann einfach nicht mehr ertragen. Ich blieb einfach weg irgendwann. Ich ließ Anton einfach im Stich irgendwann.

*

Es war etwa zwei Wochen später, vielleicht auch nur ein paar Tage. Ich weiß es nicht mehr genau, alles ist so lange her. Ich hatte Geburtstag – womöglich war es auch kurz danach. Auch das erinnere ich nicht mehr im Detail. Ich kam mit einigen Freunden gerade von einer Tour zurück – stolz und freudig meinen neuen, ersten batteriebetriebenen Kassettenrekorder in der Hand, einen von, wie ich noch genau weiß, ITT-Schaub-Lorenz. Zusammengekratzt aus Erspartem und vielen kleinen Zuwendungen aus der Familie und von Freunden. Irgendwann kam Wolfgang um die Ecke, ein Schulfreund. „Hont'r scho' g'hört? D' Anton isch gschtorbe! Geschtern! Mei Mamme hot's m'r ebbe g'sagt!" Der Kassettenrekorder spielte gerade „The Long and Winding Road" von den Beatles. Ich erinnere es, als sei es gestern gewesen. Es ist über 45 Jahre her.

Was dann geschah, wie ich reagierte, wie ich nach Hause kam, erinnere ich nicht mehr.

*

Die Beerdigung war einige Tage später. Die ganze Schulklasse war dabei, das halbe, wenn nicht das ganze Dorf, in dem Anton gelebt hatte. Ich wäre am liebsten weggerannt, über alle Berge, zumal mich Antons Mutter gebeten hatte, mit anderen Freunden und auch einem Cousin von Anton den Sarg zu tragen. Ich musste mir von irgendwem ein dunkles Sakko ausleihen. So etwas hatte ich nicht. Ich zog die beste Hose an, die sich fand. Ich wollte unbedingt halbwegs manierlich aussehen. Vor allem wegen Antons Mutter.

Als ich am Bauernhof ankam, nahm mich Antons Mutter in Empfang und auch ein, wenn ich es recht erinnere, Onkel von Anton, den ich zwei, drei Mal davor gesehen hatte. Er schien die Abläufe und Zeremonie zu organisieren und begrüßte mich warmherzig. Antons Mutter hatte mich davor in die Arme genommen, dass mir fast die Luft wegblieb. Sie war sofort in Tränen ausgebrochen. Der Onkel nahm mich gleich, ich war, glaube ich, etwas spät dran, bei der Hand und führte mich die Treppe hoch. In Richtung von Antons Zimmer. Ich wollte Anton aber nicht sehen. Ich wollte ihn nicht tot sehen. Nicht seine Leiche. Ich hatte große Angst. Oben auf dem Gang wollte ich mich vom Onkel losreißen und es ihm sagen. Aber Anton lag nicht in seinem Zimmer. Er lag im offenen Sarg auf dem Gang. Der Onkel war vor mir die Treppe hochgelaufen. Als er oben war, ich dicht hinter ihm, trat er zur Seite und ließ mich los. Mein Blick fiel direkt in den offenen Sarg. Auf Anton. Seine Leiche. Auf das, was noch von Anton übrig war. Er war fast bis auf die Knochen abgemagert. Seine Augen standen halb offen, das eine mehr, das andere weniger. Sein kräftiges blondes Haar war gekämmt, aber es stand dennoch wirr von seinem Kopf ab. Irgendwie, schien mir, hatten sie sein Gesicht etwas geschminkt. Der Anblick war dennoch grauenhaft.

Der Onkel legte seinen Arm über meine Schulter und zog mich leicht zu sich. Er merkte, dass es mir nicht gut ging. Ich musste mich fast übergeben. Neben dem Sarg standen nur noch Antons Mutter, seine Schwester und ein paar andere Erwachsene, Männer vor allem. Der Sargdeckel wurde endlich geschlossen. Mir zitterten die Knie. Ich wusste nicht, wie ich das Folgende überstehen sollte.

Vier der Männer trugen den Sarg die Treppe hinunter und bis vor die Haustür. Dort stellten sie ihn ab und ich und die drei anderen Jugendlichen übernahmen den Sarg. Ich war hinten rechts. Vor mir trug Antons Cousin den Sarg, ich kannte ihn nur flüchtig. Er war etwas kleiner als ich.

Der Sarg war unglaublich schwer. Der Weg war nur kurz, der Friedhof lag ja direkt gegenüber an der anderen Straßenseite. Ich hatte dennoch panische Angst, es bis dahin nicht zu schaffen. Schon als ich Anton im offenen Sarg sah, brach mir kalter Schweiß aus den Poren. Jetzt schwitzte ich noch mehr. Meine Hände wurden immer feuchter, glitschiger. Mit aller Kraft, aller Gewalt versuchte ich zu vermeiden, dass mir der Griff, der Sarg aus der Hand glitt. Aber nicht mir, sondern Antons Cousin glitt er aus der Hand. Er war für alle Jungs zu schwer. Die vier Männer stürzten hinzu, die den Sarg auch die Treppe hinuntergetragen hatten. Sie trugen ihn das letzte Stück bis vors offene Grab.

*

Nach der Beerdigung wollte ich nur noch weg. Der Trauerzug bewegte sich zurück zum Haus. Im Parterre, in der großen Küche, dem Nebenraum und im Wohnzimmer, waren Tische und Stühle aufgestellt, um die Trauergäste später zu beköstigen. Antons Mutter lief fast direkt vor mir, neben ihrer Tochter und dem Onkel. Als wir im Hause waren, passte ich einen günstigen Moment ab, um ihr zu sagen, dass ich dringend nach Hause müsse. Ich erzählte, glaube ich, irgendwas von meiner Mutter, meiner Familie und irgendwelchen Problemen. Und ich könne im Moment so und so keinen Bissen runterkriegen. Antons Mutter meinte, sie könne das gut verstehen, aber sie wolle noch kurz mit mir reden.

Unten war alles voller Leute. Sie zog mich die Treppe hoch. Sofort dachte ich wieder an den offenen Sarg. Aber der war nicht mehr da. Antons Mutter zog mich weiter bis in Antons Zimmer. Ich wollte nicht in Antons Zimmer, aber Widerstand schien mir zwecklos. Und es erinnerte nichts mehr an ein Krankenzimmer, ein – Sterbezimmer. Alles war aufgeräumt, das Bett war gemacht, frisch bezogen. Alle Stühle waren unten, also setzten wir uns auf die Bettkante.

Antons Mutter sagte mir, dass sie sich sehr freuen würde, wenn ich sie weiterhin besuchen würde. Und, sie zögerte zunächst etwas, sie würde sich sehr freuen, wenn sie mir die ganzen Sachen von Anton schenken könnte, seine Kleidung und all die anderen Sachen. Ich erschrak, sprang auf, sagte nein, das wolle ich nicht. Nein. Es war mir eine Horrorvorstellung, die Kleidung von Anton am Körper zu haben. Das sei sehr nett gemeint von ihr, und ich würde sie bestimmt wieder besuchen kommen, aber ich müsse jetzt dringend los. Ich drehte mich um und rannte weg.

*

Ich traf Antons Mutter noch ein paar Mal in meiner kleinen Stadt, mal als sie einkaufen war, mal in einer Bank am Ende der Schlange vorm Kassenschalter. Sie war, schien mir, in kurzer Zeit sichtbar gealtert. Sie lief, wenn ich sie irgendwo entgegenkommen sah, zögerlich, hatte den Blick gesenkt, schien weltvergessen. Vor ein paar Jahren hatte sie ihren jungen Mann verloren, nun ihren noch viel jüngeren Sohn.

Wenn Antons Mutter mich irgendwo unverhofft traf, strahlte sie auf. Sie nahm mich in den Arm, fragte, wie es mir ginge – und, ganz vorwurfsvoll, wann ich sie denn endlich besuchen komme. Zudem steckte sie mir etwas Geld in die Hand. Ich war damals Arm wie eine Kirchenmaus. Zwei Mal nahm ich das Geld an. Dann nie mehr. Ich wollte das nicht.

Antons Mutter tat mir unendlich leid. Aber ich habe sie nie mehr besucht. Ein Mal sah ich sie noch, wie sie mir, wieder mit gesenktem Blick, entgegenkam, noch in einiger Entfernung. Sie hatte mich noch nicht gesehen. Ich wechselte die Straßenseite und verschwand in der nächsten Seitengasse. Ich rannte wieder mal weg. Der Gedanke war mir unerträglich, Antons Nachfolger zu werden, seine Stelle im Leben seiner Mutter einzunehmen.

Ich habe Antons Mutter seitdem nie mehr gesehen. Auch nicht zufällig in meiner kleinen Stadt, obwohl ich dort noch sechs Jahre lebte, bevor ich wegzog, weit weg in den hohen Norden. Ich weiß nicht, was aus ihr geworden ist – und ob sie vielleicht sogar noch lebt. Sie war, schätze ich, gerade mal Mitte, Ende Dreißig, als Anton starb.

*

Ich besuchte meine kleine Stadt im Süden vom hohen Norden aus über die Jahre und – inzwischen – Jahrzehnte immer wieder. Wegen der Geschwister und der vielen Freunde. Nicht mehr wegen meiner Mutter. Sie war kurz nach meinem Wegzug gestorben. Aber auch in dieser Zeit stand ich nie mehr vor Antons Grab, und ich besuchte auch nie mehr seine Mutter. Vierzig Jahre nicht. Immer wieder nahm ich es mir vor, immer wieder nahm ich Anlauf, immer wieder brach ich ab.

Bis ein Freund von mir starb, kurz nach meinem 50. Geburtstag, er selbst war gerade 51 Jahr alt. Er stammte wie ich aus der kleinen Stadt im Süden. Wir kannten uns seit Kindheitstagen. Seine Eltern, sie lebten bei seinem Tod beide noch – und vielleicht leben sie noch heute, gute zehn Jahre später –, wollten, dass ihr Sohn in ihrem Familiengrab bestattet wird. Und das liegt nicht etwa auf dem Friedhof unserer kleinen Stadt im Süden, sondern auf dem Friedhof, auf dem auch Antons Grab liegt. Auch die Mutter meines verstorbenen Freundes stammte, wie ich erfuhr, aus dem kleinen Dorf, in dem Anton geboren war. Und in dem er starb.

Nun hatte ich also zwei Anlässe, den Friedhof des kleinen Dorfes aufzusuchen, auf dem ich so lange Jahre nicht mehr gewesen war. Und es war gar nicht so schlimm, als ich schließlich vor Antons Grab stand, das inzwischen auch ein Familiengrab war. Mehrere Personen waren hier begraben, die alle Antons Nachnamen trugen. Auch zwei Frauennamen las ich, wenn ich mich recht erinnere. Aber ich konnte sie nicht zuordnen. Antons Mutter duzte mich natürlich, aber ich siezte sie ebenso natürlich, nannte sie beim Familiennamen. Und Anton rief seine Mutter „Mamme" und nicht mit ihrem Vornamen, und seine Schwester nannte er eigentlich immer nur, auch wenn sie – selten – anwesend war, Schwester oder auch große Schwester. Bestimmt hat er sie auch mal beim Vornamen genannt. Aber ich hatte ihn vergessen.

Nach einiger Zeit machte ich kehrt und ging. Ich trat aus dem Friedhof heraus und sah schräg rechts, auf der gegenüberliegenden Straßenseite, nur gute zwanzig Meter entfernt, das Haus, in dem Anton gelebt hatte. Und seine Mutter vielleicht noch immer lebte. Hochbetagt. Ich hatte lange darüber nachgedacht, ob ich sie besuchen sollte – besuchen wollte. Auch jetzt stand ich eine Weile da und überlegte. Wie im Zeitraffer raste die ganze Geschichte durch mein Hirn.

Ich ging nicht hinüber.

Aber ich sah Antons Mutter klar vor meinem inneren Auge – wie sie damals aussah. Und ich sah Anton. Ebenso klar und deutlich. Wenn man sich an Freunde erinnert, sieht man ihr aktuelles Bild vor dem inneren Auge. Nicht das Bild, das sich vor zehn oder zwanzig oder über vierzig Jahren eingeprägt hat. Das zu erinnern, erfordert richtig Arbeit. Und man ist froh, wenn man entsprechende Fotos aus alten Zeiten zu Gesicht bekommt. Aber bei Anton war und ist es völlig anders. Wenn ich an ihn denke, sehe ich immer nur das Bild, das ich damals von ihm hatte, das sich damals eingeprägt und seitdem nie mehr verändert hat. Und mit jeder Erinnerung über inzwischen fast fünfzig Jahre hinweg prägte es sich tiefer, immer tiefer ein. Anton, auf einem Bein, gestützt auf einer Krücke, eine Flinte im Arm, mit seinen funkelnden Augen und seinen buschigen, blonden Haaren.

Antons Leben war sehr kurz auf der langen und windigen Straße unseres Daseins. Aber es bleibt unvergessen. Anton bleibt unvergessen. Er wird gewesen sein. Für alle Zeiten. Für alle Welten.

———————————

Vom Ende – ein faustischer Pakt

Alle Vorbereitungen waren getroffen. Er war so weit. Sein Finale stand bevor. Alles war weit schneller gegangen, als er erwartet hatte. Die gesamte Wohnungsauflösung, der Verkauf aller Einrichtungsgegenstände und auch seiner vielen Bücher. Die Bücher, vor allem Sach- und wissenschaftliche Fachliteratur, in denen er vieles unterstrichen hatte, deren Ränder übersät waren mit Marginalien, Kommentaren, Kurzkritiken oder auch nur Fragezeichen, hatte er zuvor aussortiert und peu à peu zu den umliegenden Altpapiercontainern gebracht. Wohl zwölf Mal war er losgegangen, seinen großen Rucksack auf dem Rücken und zwei Tragetaschen in den Händen, alles voller Bücher. Mehrere Tage hatte das gedauert, weil er immer wieder – er wollte, aber konnte nicht anders – in die Bücher schaute, seine Randnotizen las, die er vor zehn, zwanzig oder über vierzig Jahren geschrieben hatte, als blutjunger Student, der sich – noch – euphorisch, ja oft fiebrig durch die Werke der großen Philosophen, der Sozialwissenschaftler, der Ökonomen und Psychologen las, arbeitete, kämpfte. Tief verschüttete Erinnerungen kamen wieder zum Vorschein, wanderten vom Stammhirn ins Stirnhirn, ins Bewusstsein. Schon am zweiten Tag des Inspizierens und Aussortierens dachte er, ihm platze bald der Schädel. Was sich über lange Jahrzehnte sedimentiert hatte in den Tiefen und Untiefen, am Grunde und in den Abgründen seines Kopfes, das schwirrte, flog, jagte jetzt springlebendig durch seinen Hirnkasten, seinen geistigen Raum, ein Feuerwerk sondergleichen. Er war beeindruckt. Das hätte er viel früher machen sollen. Welch unerwarteter Ausbruch von Euphorie, ja hier und da Ekstase so kurz vor dem Ziel!

Aber er ließ sich nicht von seinem Plan abbringen. Der Pakt war geschlossen. Ein Zurück gab es nicht.

*

Die Idee mit dem Pakt kam dem alten Mann schon vor langer Zeit. Als er gerade Fünfzig geworden war, mit rauschendem Fest groß gefeiert, starb kurz darauf ein guter Freund. Herzinfarkt. Mit einundfünfzig Jahren. Dann folgten immer wieder unschöne Nachrichten von seinen vielen älteren Geschwistern. Gesundheitliche Probleme, ein nur mit viel Glück überstandenes Herzflimmern beim einen Bruder, eine Hirnblutung beim anderen – nur überlebt, weil der Dicke, wie sie seinen Bruder in der Familie früher nannten, obwohl er definitiv nicht dicker war als alle anderen, wegen einer anderen Erkrankung gerade im Krankenhaus lag. Freunde gleichen und ähnlichen Alters berichteten immer öfter von den sich häufenden Zipperlein – oder gleich richtigen Zippern, Einschlägen, bei sich, bei Freunden, bei Arbeitskollegen oder Nachbarn. Oder auch immer seltener. Weil es so viele Zipperlein, Zipper und Einschläge wurden. Wäre ja so langsam langweilig geworden. Wie ein befreundeter Arzt einst zu ihm sagte: Wenn Du mal fünfzig bist, und Du wachst morgens auf, und Dir tut nichts weh – dann bist Du tot.

Kurz nach besagtem Fest zum Fünfzigsten und dem Tod des guten Freundes saß der damals noch gar nicht so alte Mann mit Freunden beim Biere. Natürlich war der Tod seines, ihres Freundes das zentrale Thema. Und auch Gesundheit, und wie man sie erhalten könnte, und das gute und richtige Leben, und wie man herausfinden könnte, was das gute und richtige Leben ist, und wie man es führt. Und was womöglich der gute und richtige – Tod ist. Und wie man zu ihm kommt.

Es wurde wild diskutiert. Der damals noch gar nicht so alte Mann diskutierte mit, dachte nach und verstummte mehr und mehr. Bis sich die zunächst schwachen Konturen seiner Idee zu einem klaren Bild zusammenfügten. Am Schluss ganz schnell, wie in Form einer göttlichen Eingebung – oder auch einer teuflischen. Plötzlich stand er ganz klar vor seinem inneren Auge, der faustische Pakt: Gott oder der Teufel, der Teufel oder Gott steht vor Dir und macht Dir folgendes Angebot: Du wirst normal altern, aber niemals altersbedingte Krankheiten oder Gebrechen erleiden, also voll leistungsfähig bleiben, geistig, körperlich und also auch im Schritt – aber mit 75 Jahren ist Schluss. Würdest Du diesen Pakt eingehen, diesen Vertrag schließen, ihn unterzeichnen?

*

Als der alte Mann seinen Freunden seine Idee eines faustischen Paktes vortrug, waren die Reaktionen gespalten. Wenige äußerten sich spontan begeistert von der Idee, einen solchen Pakt eingehen zu können, andere wiesen ihn weit von sich, dritte meinten, dass sie darüber erst noch nachdenken müssten.

In den folgenden Jahren kam das Thema immer wieder auf, aber immer seltener, langsam verebbte es. Alles war ja nur fiktiv, einen solchen Pakt konnte man nicht wirklich abschließen. Mit wem auch?

Aber der alte Mann wusste mit wem. Mit sich selbst. Wir können nicht bestimmen, wie lange wir leben. Aber wie kurz. Und wie wir leben, ob wir rauchen, saufen oder fressen, bis wir platzen, das können wir auch bestimmen, oder ob wir asoziale Egoisten sind oder hilfsbereite Humanisten. Wir sind nicht nur genetisch oder von sozialen Umwelteinflüssen programmierte biochemische Maschinen. Es gibt auch so etwas wie einen freien Willen. Und Selbstachtung. Und Würde.

Aber der alte Mann musste auch begreifen – und er begriff es in seinem Studium der politischen, ökonomischen und sozialen Verhältnisse sehr schnell und sehr früh –, dass viele Menschen nicht den Hauch einer Wahl, einer Möglichkeit hatten, ein gutes Leben zu leben. Weil es ihnen in Kriegen und Bürgerkriegen oder bei Terroranschlägen einfach genommen wurde – Kriegen aufgrund der Profitinteressen der weltweiten militärisch-industriellen Komplexe oder aufgrund nationalistischen oder religiösen Wahns.

Der alte Mann hatte viele Bücher und Hunderte von Artikeln geschrieben, in denen er die Ursachen dieser Kriege und Konflikte unter Menschen und auch des großen Krieges der Menschheit gegen die Natur analysierte und darstellte und Wege aufzeigte in Richtung einer humaneren, sozialeren, gerechteren Welt, die im Frieden mit der Natur lebt. Aber er musste seit langer Zeit erleben, wie fast alles immer schlimmer wurde. Die Zahl der Konflikte, Kriege und Bürgerkriege stieg und mit ihr die der Flüchtlinge – und ebenso die Zahl der Länder, die sich gegen die Flüchtlingsströme kaltherzig abschotteten. Und der Umfang des Naturverbrauchs stieg ebenso an wie jener des Mülls, der Schad- und Giftstoffe, mit denen die Menschheit die Natur malträtiert. Und vor allem stieg seit langer Zeit die Zahl der Autokraten und Diktatoren in dieser Welt an – und zwar nicht jener, die über einen Putsch, einen Gewaltakt an die Macht kamen, sondern der mehr oder minder frei gewählten. Dummheit, Verantwortungslosigkeit, Profitsucht, Kaltherzigkeit, nationalistischer oder religiöser Wahn, selbst gewählte Unmündigkeit und Knechtschaft – der alte Mann stand sprach- und hilflos vor diesen Entwicklungen.

Er wusste schon immer, dass ein einzelner Mensch nicht viel bewirken kann in dieser Welt – aber er war bei Weitem nicht allein. Viele protestierten gegen den galoppierenden Irrsinn und die wachsende Unmenschlichkeit. Viele schrieben dagegen an. Aber im Ergebnis ohne Erfolg. Der alte Mann wollte über niemanden urteilen, niemanden verurteilen. Er konnte nur für sich selbst sprechen. Nur über sich selbst urteilen. Und sein Urteil war klar: Er hatte versagt. Er hatte im Ergebnis nichts bewirkt. Nichts. Alles war umsonst.

*

Es war nachts gegen vier Uhr. Die Wohnung war komplett leer geräumt. Seine letzten Verfügungen hatte er eben zur Post gebracht, in den Briefkasten geworfen. Auf dem Rückweg warf er fast alles, was er trug, in den Müllcontainer vor seinem Haus. Auf der Haut trug er nur noch Hemd, Hose und Schuhe. Seinen Wohnungsschlüssel hielt er in der Hand. Er ging die vier Stockwerke nach oben in seine Wohnung. Noch ein letzter Rundgang. Alle Zimmer waren in der Tat gänzlich leer. Er hatte nichts vergessen.

Der alte Mann öffnete ein hohes Fenster in seiner Altbauwohnung. Er schaute hinaus, nach unten, nach links, nach rechts. Niemand war zu sehen. Alles war ruhig. Er kletterte auf den Fenstersims. Dort stand er eine Weile. Nicht weil er zögerte. Er genoss diesen Moment geradezu. Die Situation war für ihn völlig einmalig, so etwas hatte er noch nie erlebt, so etwas hatte kaum je ein Mensch erlebt. Und so etwas würde er nie mehr erleben.

Ihm war, als tauchte plötzlich ein schnell größer werdender Schatten hinter ihm auf. Noch bevor er sich umdrehen konnte, stieß der Schatten ihm in den Rücken – mit feixendem Gelächter. Der alte Mann fiel wie einer jener Todesspringer, die sich von einem Klippenvorsprung erst nahezu waagerecht, dann mehr und mehr kopfüber ins Meer fallen lassen – wie in Zeitlupe und ungeheuer ästhetisch. Er prallte in dem nach langen Regentagen völlig durchnässsten und durchweichten Vorgarten auf und begrub sein gesamtes Leben unter sich. Seine Schöpfung.

*

Schlamm und Wasser tropften von seinem Gesicht, seinem Hemd, seiner Hose. Nein, es war kein Schlamm, kein Wasser. Es war sein Schweiß. Und er hatte nichts an, kein Hemd, keine Hose. Er war nackt. Er stand aufrecht in seinem Bett, auf seiner Matratze, die direkt auf dem Boden lag. Er drehte wild den Kopf. Nach links, nach rechts, nach oben, nach unten. Trotz des nur schwachen, schalen Lichts des Morgengrauens nahm er deutlich wahr, dass alles an seinem Ort stand. Der Schrank, die Kommode, der Stuhl, auf dem seine Sachen lagen. Er hielt sich an der Wand fest. Rieb sich mit der anderen Hand den Schweiß aus dem Gesicht. Er war völlig erschöpft. Zitterte am ganzen Körper. Er fühlte sich wie nach einem heftigen Kampf auf Leben und Tod. Mit allen feindlichen Schatten seines Lebens zusammengenommen.

Der alte Mann tastete sich auf zittrigen Knien durch seine Wohnung, stützte sich mit der rechten Hand an Wänden, Türen, Gegenständen ab. Tastete mit der Linken nach allem, was er erreichen konnte, prüfend, ob es denn wirklich da sei. Es war da. Alles. Das ganze Leben.

Er hatte noch nie so furchtbar realistisch geträumt, sein ganzes Leben zum Tode hin als Traum erlebt. Oder träumte er jetzt?

Als er sich den Flur entlanggetastet hatte, fiel sein Blick in sein Büro. Ein erster Sonnenstrahl traf den Sinnspruch auf einer kleinen Tafel, die seit Jahren über seinem Schreibtisch hing, es war ein Satz aus dem Talmud: „Wer auch nur ein Menschleben rettet, der rettet die ganze Welt." Und sei es sein eigenes Leben. Vor den bösen Schatten dieser Welt. Und vor sich selbst.

———————————

Von Egbert Scheunemann sind im BOD-Verlag auch folgende Bücher erschienen:

Trilogie des Scheiterns. Drei Erzählungen, Kurzgeschichten, was auch immer, Hamburg-Norderstedt 2015, ISBN 9783734746659, 104 Seiten

Griechenland als Exempel – oder als der Fluch des Neoliberalismus über die Menschen kam, Hamburg-Norderstedt 2014, ISBN 9783735759832

Rebellen auf Kreta. Eine ungewöhnliche Reise durch Kretas Geschichte, Sprache und Landschaften. Ein Buch über Freundschaft, wildes Denken und wundersame Erlebnisse, Hamburg-Norderstedt, 4., leicht korrigierte und aktualisierte Auflage 2017 (1. Auflage 2007), ISBN 978-3-8370-0553-0

Die Entdeckung der Hölle, Roman, Hamburg-Norderstedt, 2. Auflage 2009 (1. Auflage 2008), ISBN 978-3-8370-4295-5

Irrte Einstein? Skeptische Gedanken zur Relativitätstheorie – (fast immer) allgemeinverständlich formuliert, Hamburg-Norderstedt 2008, ISBN 978-3-8370-4249-8

Vom Denken der Natur. Natur und Gesellschaft bei Habermas. Vollständig überarbeitete und stark erweiterte Neuausgabe 2008, Hamburg-Norderstedt 2008, ISBN 978-3-8370-2722-8

Chronik des (nicht nur) neoliberalen Irrsinns und seiner ökonomisch, politisch, sozial und ökologisch verheerenden Folgen 2008-2003, Hamburg-Norderstedt 2008, ISBN 978-3-8370-2737-2